Decapitados

Decapitados

Leonardo Brasiliense

Benvirá

ISBN 978-85-8240-162-0

DADOS INTERNACIONAIS DE CATALOGAÇÃO NA PUBLICAÇÃO (CIP)
ANGÉLICA ILACQUA CRB-8/7057

Editora Saraiva

Rua Henrique Schaumann, 270
Pinheiros – São Paulo – SP – CEP: 05413-010
PABX (11) 3613-3000

SAC
0800-0117875
De 2ª a 6ª, das 8h30 às 19h30
www.editorasaraiva.com.br/contato

Brasiliense, Leonardo
Decapitados / Leonardo Brasiliense. – São Paulo : Saraiva, 2014.

ISBN 978-85-8240-162-0

1. Literatura brasileira. 2. Ficção. I. Título.

14-0647   CDD-B869

Diretora editorial	Flávia Alves Bravin
Gerente editorial	Rogério Eduardo Alves
Planejamento editorial	Rita de Cássia S. Puoço
Editoras	Debora Guterman Gisele Folha Mós Luiza Del Monaco Paula Carvalho
Produtores editoriais	Daniela Nogueira Secondo Rosana Peroni Fazolari William Rezende Paiva
Comunicação e produção digital	Nathalia Setrini Luiz
Suporte editorial	Najla Cruz Silva
Produção gráfica	Liliane Cristina Gomes
Preparação	Diana de Hollanda
Revisão	Tulio Kawata
Diagramação	Nobuca Rachi
Capa	Roney Camelo
Imagem de capa	Leonardo Brasiliense
Impressão e acabamento	Gráfica Paym

Índice para catálogo sistemático:
1. Literatura brasileira

Copyright © Leonardo Brasiliense, 2014
Todos os direitos reservados à Benvirá, um selo da Editora Saraiva.
www.benvira.com.br

1ª edição

Nenhuma parte desta publicação poderá ser reproduzida por qualquer meio ou forma sem a prévia autorização da Editora Saraiva. A violação dos direitos autorais é crime estabelecido na lei nº 9.610/98 e punido pelo artigo 184 do Código Penal.

546.634.001.001

Lembrai-vos também de que na luta contra o Homem não devemos assemelhar-nos a ele.

George Orwell

Alguém passara as unhas no céu.

... era para começar assim, manhã limpa, algumas nuvens finas cortando o azul por cima dos morros, som do vento suave, ou silêncio. E aqui embaixo, nossa vida. Mas não começa. Então vamos contar a verdade.

* * *

Mês que vem, Alexandre Boezzio e Vale São José farão dezoito anos. O jovem está a poucos meses de se apresentar ao Exército. Vai usar uma farda, calçar os coturnos e sentir orgulho disso. Já a cidade, ela está a qualquer tempo de continuar como sempre foi. Se der tudo certo.

Aqui ainda se conserva, na essência, a tradição italiana e católica dos colonos que vieram antes da Grande Guerra. Homens de esperança, eles sofreram demais ao enfrentar a mata cerrada, se arranharam em unhas-de-gato, tropeçaram em raízes, enroscaram-se nos cipós e tiveram medo da mata cheia de tudo – leão-baio, onça, cobras, bugios –, mas também vieram olhando as araucárias que derrubariam para construir, até que chegaram ao vale. Antes de erguerem as casas, escolheram o melhor lugar da capela e sua posição: a porta para o oeste, o sol a nascer por trás, fazendo a sombra da cruz abençoar o chão que escolheram para si. Na frente seria uma praça, e desse modo é que foi. Por bastante tempo, desceram do distrito vizinho os padres palotinos para rezar a missa, os batizados, os casamentos, no entanto, suas visitas não eram regulares, e sempre dificultosas. Depois veio fixar--se um padre secular, mais tarde promovido a monsenhor. Homem de vontade firme, ele fez muito por aquele povo. Erigiu um seminário, preocupava-se mais que tudo com as vocações. Fez também outras coisas das quais ainda se falará.

Passados quase cem anos, o distrito se emancipou politicamente. E o seminário, já falecido o monsenhor, fechou, o que escreveu o destino do recém-nascido Alexandre: não podendo se formar padre, seria militar. A decisão dos pais era irrevogável desde que o pequeno, seu único filho, ainda sujava as fraldas sem nenhuma culpa.

Capítulo I

De como nosso herói se sente perdido neste mundo de difícil, quase impossível, compreensão. Decifra-me ou te devoro.

Hoje ele acorda de novo com uma tira de sol nos olhos. A luz muito branca passa pela janela todos os dias e o faz acordar assustado, todos os dias. Uma cicatriz lhe corta o canto da sobrancelha direita, de alguma forma isso o deixa com uma aparência mais assustada.

Senta na cama, boceja, coça os olhos e vê que nesta manhã tem outra razão para se assustar: no meio do quarto, sobre o tapete vermelho também trespassado por uma tira de sol que vem da janela sem cortina, há um crânio, uma caveira humana. Parece-lhe que as órbitas ocas vigiavam seu sono e agora o observam. Uma face dura, mas pálida e tão amedrontada quanto ele mesmo. Ou talvez não: esfregando melhor os olhos, Alexandre vê com mais clareza que se trata de uma face dura e distante. As órbitas não o observam, são simplesmente ocas.

Merda, como isso veio parar aqui?

Poderia ter-se perguntado mais: quem a trouxe, e por quê. Mas por enquanto só quer saber o "como". Ou porque acaba de acordar e tem ainda o raciocínio lento ou porque o susto o paralisa e não lhe permite ir muito longe, tanto faz. Neste

instante, saber como a coisa entrou em seu quarto é o que pode salvar sua vida.
Batem à porta.
Ah, não, a mãe.
Alexandre pula e recolhe o crânio para debaixo das cobertas.
Sua mãe entra, a mãe que nunca lhe falta, que nunca o deixa se sentir sozinho:
— Vai te atrasar.
Pausa. Sente o coração batendo sem ritmo. Faz um esforço para dizer:
— Já estou levantando.
O crânio liso e redondo lhe dá um frio entre as pernas. A mãe olha para ele, duas íris verde-água, ainda segurando a maçaneta. Lentamente, fecha a porta.
Ele fecha os olhos, aliviado. Espera quatro, cinco, seis segundos para acordar como todos os dias, assustado com a luz. Mas abre os olhos e não estava dormindo, não sonhava. É tudo verdade. Ele odeia a verdade. É difícil acreditar, entender ou aceitar o que está acontecendo.
O crânio liso e redondo não esquenta entre suas pernas, sempre aquele frio. Alexandre precisa escondê-lo, só não entende o porquê.
No quarto, há poucos móveis. Dentro do guarda-roupa não dá, a mãe o organiza com frequência. Embaixo da cama, ela varre todos os dias. As gavetas da escrivaninha são pequenas. Tem de ser noutro lugar da casa. Mas onde, se a mãe limpa tudo? Alexandre olha pela terceira vez ao redor e fica tonto, o quarto parece cada vez menor. Tem de ser noutro lugar. Pensa em todos os cantos da casa.

Minha mãe está em todos os buracos.
Cheiro de café passado.
Levanta-se e anda até o meio do quarto, para no tapete vermelho. Olha para os lados, vira-se, gira completamente. O crânio em suas mãos lhe acompanha os movimentos, como se também olhasse; mas não reage, é cego, não escolherá onde se esconder.
A maçaneta baixa outra vez, range, é tudo rápido demais e entram os olhos verde-água, fixam-se nos dele. A mãe é tão incisiva que não vê o crânio nas mãos do filho:
– Teu pai não pode esperar o dia todo.
Sai, deixando a porta aberta.
Ele desaba sentado na cama, com um torpor que o esvazia. Se não houvesse a cama, desabaria no chão. É o que acontece com a caveira: Alexandre, perdendo as forças, larga-a. Ela rola até o canto do quarto e para encostada nas botas.

* * *

O pai é um homem calmo porém firme, escrivão de polícia, o escrivão Boezzio. É sempre muito atento, mais propenso a ouvir que falar. Hoje levará Alexandre à loja de autopeças de seu padrinho, combinaram que ele trabalharia lá até ir para o quartel.
Alexandre come um naco de pão doce e toma café. Ouve a mãe reclamar do atraso, reclamar, reclamar. Vê o pai à soleira da porta, quieto.
Se eu contasse para ele...

– Olha a impressão que o Domingos vai ter de ti – a mãe fala, secando a louça. Esta mulher, além de manter todas as coisas no lugar certo, tenta mantê-las também em seu tempo. É muita responsabilidade, vive nervosa.

Alexandre olha para o pai, espera dele uma posição, que tome por um dos lados. Mas Boezzio então está do lado de fora, aparentemente alheio, enrolando um cigarro. Seus olhos são pequenos, ele os espreme ainda mais quando traga o cigarro, e os abre na sua pequenez ao expirar a fumaça.

Acabado o pão, Alexandre beija a mãe. Ela relaxa as rugas da testa por um momento, mas logo:

– Espera aí. Vai sair de chinelo nesse frio? E as botas?

Ele congela. Precisa inventar uma desculpa e já. Antes teve sorte, a caveira coube – apertada, mas coube – no cano da bota. Calçou os chinelos com uma satisfação que não o deixou pensar no frio ou prever o que se dá agora.

Encara a mãe, a boca semiaberta por ter que dizer algo.

– Depois me arranja uma pneumonia! – ela agita o pano de prato.

– Mãe...

– Sobe e pega as botas.

Alexandre não consegue se mexer.

– Vamos embora – diz o pai.

Ninguém discute.

* * *

Velho, Domingos está ficando cego.

É um solitário. A mulher, estéril, morreu cedo. Ele nunca sequer pensou em conhecer outra, continua casado com uma

fotografia na estante da sala. Não costuma abrir as janelas para não ferir os olhos da morta.
Nunca foram muito próximos, ele e Alexandre. Entretanto, esteve em todos os aniversários do afilhado, mesmo quando não tinha festa, ao menos ia lá para o almoço. Não era de falar com o menino, mas estava presente. Alexandre cresceu com esta imagem, a de um padrinho silencioso a quem devia respeito.
O pai joga no chão o toco de palheiro antes de entrarem na loja. O interior está bastante escuro, a penumbra só deixa ver o pó flutuando e preenchendo o ambiente. Um grande balcão de vidro corta a peça de lado a lado, terminando na porta que separa a loja da casa.
– Domingos – o pai de Alexandre o chama e vai abrindo as janelas.
O velho chega lá de dentro, põe a mão diante dos olhos para protegê-los do clarão. Anda meio corcunda, usa óculos de lentes grossas, e os cabelos que lhe restam são totalmente brancos.
– Domingos, eu trouxe o guri.
O velho, sem falar, abraça o compadre, afasta-se, vai ao afilhado e o abraça também. Segura-o pelos braços e o observa, com os olhos aumentados pela distorção das lentes grossas, olhos de cor apagada. O rapaz não sabe, mas foi Domingos quem sugeriu seu nome, de origem grega, aprendera-o na época de seminarista: "defensor da Humanidade". Agora Domingos está ficando cego, precisa de Alexandre para ver, precisa de sua proteção.
– Aqui está – ele diz. – Nosso futuro oficial.
Até ontem, Alexandre sorriria, meio tímido...

Até ontem, eu sentia orgulho. Seguir carreira. *Não foi uma escolha minha, está bem, foi uma boa escolha.* Mas hoje ele não se anima com a ideia. Um crânio de órbitas mortas o impede.

Domingos, sem largar os braços do jovem, sorri e se dirige ao compadre:

– Eu estava lá atrás, no telefone. Aconteceu uma tragédia essa noite. – Olha de novo para Alexandre, os olhos enormes e opacos: – Roubaram a cabeça do monsenhor.

Há cinco anos, a comunidade decidiu exumar o corpo do monsenhor e fazer de seu crânio uma relíquia. O Bispado não soube, não concordaria. Decidiram no salão paroquial, estavam lá todos os cidadãos relevantes. O sentimento era unânime: a necessidade de homenagear o homem que transformara a capela em paróquia, construíra a igreja matriz, fundara o seminário, a escola primária e o ginásio, e muitas outras coisas. É difícil mesmo explicar o papel daquele homem santo na alma dessa gente, grata a ele como ao pai que lhe desse um nome.

Encarregaram o ministro Claret, que levou dois ajudantes para abrir o túmulo e se sabe o resto. Era noite, para não alarmar. Claret ia com uma lanterna entre os jazigos, e os outros o seguiam. Um deles era muito jovem e assobiava o tempo todo. O ministro parou e apontou a lanterna para seu rosto. A luz quase não fez sombras naquela cara redonda e salpicada de espinhas de vários tamanhos. O garoto entendeu a censura, mas a retribuiu com um olhar presunçoso.

Os três fizeram o sinal da cruz antes de abrir o caixão, e o repetiram ao ver que o corpo, enterrado há vinte anos, estava quase intacto. Tinha carnes e cabelos.

O auxiliar mais novo, pálido e arregalado, agora desprovido de todo o orgulho juvenil, virou-se e foi embora sem falar uma palavra. Saiu esbarrando nos túmulos, tropeçando. Ao cruzar o portão do cemitério, correu.

Claret e o outro se entreolharam, olharam para o caixão aberto, um deles disse:

– Não tem jeito. É isso mesmo.

Passaram a noite no porão do ministro descarnando a cabeça até surgir a relíquia, fato que morreu entre os dois.

Dali em diante, não mais se falaram; apenas se cumprimentavam à porta da igreja, na saída da missa, cabisbaixos.

O crânio foi posto numa urna de vidro, sobre o altar de uma capela construída para este fim. Fica no alto do cemitério, onde acaba a via central, de onde se veem todos os túmulos e toda a Vale São José, cada pessoa.

* * *

Já vai anoitecendo, Alexandre deixa a loja do padrinho.

Fez pouco hoje, atendeu três ou quatro clientes – o velho Domingos sempre junto ensinando o lugar das coisas e como ver o preço no caderninho amarelo. Todos falaram no sumiço da relíquia, e Alexandre procurava não encará-los. Um deles saiu sem comprar nada, só lhe interessava saber do crânio do monsenhor. Domingos se irritou; disse ao afilhado:

– Ninguém entende o que está acontecendo. Ninguém vê a desgraça, estão animados. – Olhou para cima, levantando as mãos: – Até quando?

Não entendo meu padrinho.

Nas poucas ruas de Vale São José, um movimento incomum: duas trilhas de gente, como formigas, indo e voltando do cemitério. Alexandre entra na primeira, sem pensar.

O cemitério é na parte mais alta da cidade, onde o vale se transforma em serra: a melhor vista aos que já não veem, talvez para se oferecerem a Ele mais de perto. Além das ruas ao redor da praça – a da igreja, a da prefeitura, a do clube e a da residência dos Rippi –, a que leva ao cemitério é a única que tem calçamento. Por uma razão prática: sendo costume chover em dias de enterro, carregar um caixão no ombro resvalando no barro era constrangedor. Depois os automóveis se tornaram comuns, mas as pedras já estavam assentadas.

Alexandre, mais uma formiga na trilha, sobe sozinho. À sua frente, duas senhoras de rosário em punho e roupa preta de ir à missa:

– Quem teve coragem, meu Deus, quem ia ter coragem?
– O Senhor nos perdoe a todos...
– Mas eu não fiz nada! – diz a primeira.

E atrás dele, dois rapazes:

– Se trocarem o zagueiro, sei lá.
– Não adianta, pra fazer dois de diferença tem que jogar tudo na frente, azar.

Os rapazes passam por ele, ultrapassam as senhoras, sobem discutindo e gesticulando, escalando o time. Alexandre também passa pelas velhas, que rezam.

Lá em cima, no portão do cemitério, ele para. O que vê: do lado de fora, pessoas cochichando e fumando em grupinhos menores ou maiores; outras entrando e saindo. Parece dia de finados, só faltam as flores.

Escureceu, há poucos postes de luz, algumas pessoas seguram velas.

Ele sente que não precisa entrar. Não há o que ver, se a urna de vidro onde ficava a relíquia está vazia. Mas todos os que vieram até aqui sabem disso.

Então eles querem o quê? Eu mesmo vim por quê?

Um vento gelado lambe o cemitério e mais adiante balança as árvores do morro. A folharada roçando faz um barulho de chuva, aumenta a sensação de frio. Todos se encolhem.

Algumas velas se apagam, os postes de luz são insuficientes. As duas senhoras que subiam rezando finalmente chegam ao topo, e uma pisa no pé de Alexandre. Dói muito, ele está de chinelo – as botas ficaram em casa, ocupadas. Está escuro, a senhora não percebe o que fez e não se desculpa. Mas o incidente serve como um sinal para o jovem:

Não tenho nada para fazer aqui.

* * *

Na manhã seguinte Alexandre vai trabalhar de botas. Ainda há geada na grama da praça, e ele carrega na mochila o crânio do monsenhor. Anda rápido, teme que alguém, parando-o para conversar, peça para abrir a mochila e ver se nela está a relíquia. As pessoas não costumam parar para conversar a esta hora, quanto menos com este frio. E não é educado investigar o que os outros têm nas bolsas. Mas o medo cria esse mundo onde as ruas estão cheias de olhares e sua mochila brilha como o sol. Seria melhor correr.

O velho Domingos o espera debruçado no balcão do caixa, tomando chimarrão e, como todos os dias, ouvindo rádio. Quanto menos enxerga, mais ouve. A estação é a da cidade vizinha, o noticiário não faz menção nenhuma ao roubo do crânio. Domingos cumprimenta o jovem e lhe oferece um mate.

– Vou no banheiro – diz Alexandre.

O padrinho não vê suas mãos tremendo, e imagina que a voz trêmula seja de frio.

O banheiro fica no meio do corredor longo e escuro que une a loja à residência. Alexandre caminha olhando para o velho, abre e fecha a porta, sem entrar, e segue silenciosamente para dentro da casa.

A janela da sala, como sempre, está fechada: nada perturba a fotografia da morta na estante. Ali seria perigoso para a intenção do rapaz, como se a madrinha pudesse denunciá--lo. Vai à cozinha, os armários estão cheios, não há espaço. A despensa é organizada demais, despensa de cego. Anda a esmo, o raciocínio cada vez mais difícil. Ele repete o trajeto: cozinha, sala, despensa... entra no quarto. Os móveis são antigos, de madeira clara, há um baú gigantesco e sem chave. Todo viúvo solitário guarda as roupas da falecida, precisa de um mote para chorar de vez em quando, não surpreende que este baú esteja repleto de roupas de mulher. E elas nunca foram remexidas com tanto desrespeito como agora. Não foram colocadas ali para abrigar um crânio roubado, como agora.

Começa a tocar o sino da igreja. Mas não costuma haver missa durante a semana, e não são badaladas de funeral. Alguém está se enganando. Qualquer um pode errar, até o padre. Na última badalada, Alexandre baixa a tampa do baú.

Na volta à loja, ao passar pelo corredor, lembra-se de abrir e fechar a porta do banheiro com força suficiente para que Domingos o ouça bem.

Escora-se no balcão do caixa, ao lado do padrinho, e aceita a cuia de chimarrão.

– Aliviado? – o velho pergunta.

Alexandre sabe que ele fala do banheiro, só pode ser. Mesmo assim, demora antes de dizer que está.

Porcaria, o que eu fiz agora também não resolve nada.

O primeiro cliente, e já eram dez horas, queria uma correia de motocicleta. O segundo vem contar a nova do dia.

O jovem Pedro Rippi, ajoelhado no chão, espiava pela janela da sala a praça deserta. Não via ninguém lá fora, nem um cachorro – normal, era quase meia-noite. Apesar disso, escondia-se, não arriscava, poderiam vê-lo. Seu olho, a pupila muito aberta, era como o de uma coruja.

Correu à cozinha, nos fundos. As luzes da casa apagadas, os outros dormiam. Pedro Rippi, embora novo, nem vinte anos, dormia pouco. Acima da pia, um basculante que dava ao pátio, com uma cortina florida. Ele abriu na cortina uma pequena fresta, ali ficou alguns minutos, piscou seu olho de coruja apenas três ou quatro vezes.

Subiu as escadas, pisando leve para não rangerem. Passou pelo segundo andar, foi ao sótão, onde era quarto do irmão mais novo. O menino dormia de barriga para cima, meio descoberto. Pedro achegou-se à janelinha, nela se pôs de rosto inteiro. Enxergava, além da praça, a igreja, a rua do cemitério, a cidade toda. Os pais, o irmão, ninguém da família sabia que essa ronda era todas as noites, há cinco anos. Uma vigilância quase militar, sempre o mesmo itinerário: a praça, os fundos da casa, a cidade na janela do sótão. Sua respiração quente embaçou o vidro. Ele o esfregou com a manga da blusa e não respirou mais. Podia ver o muro do cemitério, podia ver ainda o corpo intacto do monsenhor quando abriram o caixão. Fazia cinco anos e nunca mais voltara lá. Ouvia as pessoas comentando sobre o crânio exposto na capelinha, as visitações, as novenas ao pé de uma urna de vidro. Mas não conseguia imaginar os ossos: via as carnes, as bochechas cinzentas, via até os lábios escuros, mas não os ossos. E agora o crânio deixara o cemitério, descera para a cidade, estava entre eles. Entre todos eles. O ministro Claret já o vira? E o outro açougueiro, o que também estava lá naquela noite? Pedro baforou no vidro até o embaçar totalmente e desaparecer tudo. O irmão resmungava na cama, dizia "pula, Flíper, pula, sai da água, voa, voa, Flíper", mexia as pernas, destapava-se mais. Pedro o cobriu com um cobertorzinho verde antes de sair do quarto.

Enforcou-se no vão da escada. A grade do corrimão aguentou até seu último remexer, depois se quebrou, largando o corpo mole e pesado ao chão. O estrondo acordou a família.

– E o padre? – pergunta Domingos.

– Ele disse que não enterra suicida no cemitério – responde o cliente, que alterna um olhar nervoso entre o velho e o afilhado.

O cliente tamborila no balcão. É o único som que se ouve na loja. Tamborila, tamborila mais rápido, olha para Domingos, olha para o jovem e sai.

– Começou – fala o padrinho.

Alexandre vê o fantasma de Pedro Rippi abrindo o baú das roupas da madrinha. Tenta espantar a visão, conta as caixas de parafusos na prateleira, pensa em outras coisas, em como vai ser quando sair de Vale São José, na farda que usará... Mas a imagem é mais forte: o fantasma de olhos transparentes ergue a tampa do baú enquanto se ajoelha.

* * *

O enterro é numa área de ninguém atrás do cemitério, subindo para o morro, quase no mato. Há mandiocas plantadas no terreno, tão desalinhadas quanto as covas. A de Pedro Rippi será a sexta cruz.

Estamos no início da tarde. O curto velório foi em casa e para poucos. Mas agora há gente em quantidade, como se fosse um enterro cristão.

Venta muito aqui em cima.

Domingos fechou a loja e vieram, ele e o afilhado. Os dois se põem à cabeceira donde toma forma a sepultura, e Alexandre de repente tem um pressentimento incômodo: de que haveria um elo entre o suicídio e o crânio do monsenhor. Não faz sentido, conclui, é paranoia sua o crânio estar em tudo, perseguindo-o. Não faz sentido, mas continua vendo o fantasma do jovem Pedro, de olhos transparentes, diante do baú da madrinha.

A família, atordoada, esqueceu-se de mandar alguém para preparar a sepultura, é o próprio Rippi cavando. Aceitou a ajuda de um empregado, mas não declinou de cavar pessoalmente. Devolve à terra o primogênito, não pode deixá-lo para os outros. A dor se mistura com a raiva que sente do filho que deu fim à vida, como se fosse Deus. Mas a dor é mais forte que a raiva, e o pai o perdoa, como se fosse Deus, como se tivesse visto em seu rosto, morto ao pé da escada, o arrependimento.

A mãe de Pedro chora, os outros muitos cochicham, o vento batendo no mato o faz cochichar.

O padre, de fato, não veio.

Os cabelos esparsos do pai voam para todo lado, ele está dentro da cova, jogando terra para fora. A pá estaca na pedra; o fim é raso, porém dali não se passa. O velho Rippi, desgrenhado e frágil como nunca, olha para o chão da cova, o rosto vermelho. Ajudam-no a sair e, sem palavras, descem o caixão. O empregado enche a pá de terra e vai jogá-la sobre o esquife, mas o velho, com um gesto, o impede. Coloca-se à cabeceira, Domingos e Alexandre lhe cedem o lugar. Passa os olhos por todos, os olhos vermelhos, enche os pulmões para falar, mas não consegue: baixa a cabeça, tapa o rosto e treme, aos soluços, os ombros curvados. Seu choro é tudo o que se ouve neste terreno maldito, nem as pessoas nem as árvores cochicham mais, o vento parou.

Domingos se vira e sai andando, corcunda. A visão parca o deixa na direção de uma cruz. O afilhado corre a desviá-lo.

* * *

À noite, Alexandre, a mãe e o pai tomam sopa de agnolini e evitam falar em Pedro Rippi. Mas todo assunto estanca no silêncio, um desconfiando que os outros também estejam a pensar no enforcado.

A mãe se lembra de algo interessante:

– A Mafalda disse que estão usando a cabeça do monsenhor para fazer macumba.

Alexandre se assusta.

– Qualquer dia – ela continua –, qualquer dia amanhece na esquina, com farofa, galinha preta e uma vela.

Alexandre se vê matando uma galinha preta, destroncando-lhe o pescoço, cortando-lhe a cabeça e deixando escorrer o sangue numa bacia de louça. A bacia enche e começa a transbordar.

– Dona Mafalda sabe quem roubou?

Por que eu perguntei isso?

A mãe termina a sopa e limpa os lábios no guardanapo de pano. Os olhos verde-água arregalados:

– E se foi o Pedro Rippi...

– Mãe – ele corta.

– Que é?

Alexandre olha para baixo, empurra o último agnolini pelo prato, olha para o pai. Boezzio sorve a sopa como não estivesse ali.

– O que foi? – a mãe ainda segura o guardanapo de pano.

– Nada.

Capítulo II

Todos colaboram, na medida de suas possibilidades, cada um julgando fazer o melhor.

Três dias depois, entra na delegacia a senhora muito alta, muito magra, um xale preto sobre os ombros. Tem cabelos grisalhos atados num coque e é viúva. Na cidade é conhecida como a viúva do xale preto, que ela não tira nem no verão. Para diante dos funcionários – uma moça bonitinha, dois agentes e o pai de Alexandre, o escrivão Boezzio, que fuma um cigarro de palha fedorento e bate à máquina. Ela fala:
– Tenho que ver o delegado.
Boezzio continua datilografando e olha para a mulher, ainda mais alta porque ele está sentado. Tem a sensação de que ela quer "ver" o delegado assim como o está vendo agora, de cima. É o que dizem sua estatura e seu tom de voz. Mas isso não altera uma ruga sequer na face do escrivão.
– Ele saiu e já volta – atende a colega bonitinha, afetada, sentindo-se na mesma posição inferior.
A viúva senta numa cadeira, à espera. Boezzio volta-se para a máquina datilográfica, amassa no cinzeiro o resto do cigarro e começa a fechar outro.
Passa meia hora. O delegado chega sorrindo e, a princípio, não entende a cara apreensiva da funcionária. Então

Boezzio, imperturbável, lhe faz um sinal e ele olha para trás. Perde o sorriso ao ver a viúva, que, além de famosa, tem o pátio da casa lindeiro ao seu, pelos fundos.

Partem os dois para o gabinete: ele na frente, ela o seguindo. Alta e ereta, anda devagar, e seu xale preto exala o cheiro da viuvez.

Quando a mulher vai embora, os funcionários correm ao gabinete. A moça e os agentes entram. Boezzio fica escorado no marco da porta, fumando e encarando o delegado, que diz:

– Ela acusa o vizinho de roubar a cabeça do padre e de ter matado seu cachorro faz um ano.

– E o que o senhor acha? – a funcionária pergunta rápido.

– Bom... – o delegado se joga para trás, balança a cadeira.

– O cachorro fui eu que envenenei, o filho da puta latia lá nos fundos toda noite e eu não dormia, não aguentava mais...

– E a cabeça do padre? – pergunta Boezzio.

O delegado para de se balançar e fala com autoridade:

– Isso nós vamos investigar... O vizinho que ela acusa é um pobre coitado – levanta-se e vai saindo da sala. – Mas tomara que ele tenha roubado mesmo, daí esta merda acaba de uma vez.

* * *

A cerração de manhã cedo faz desaparecer a cidade. Não há nada no branco exceto a torre da igreja matriz, que surge, emerge desse nada, paira nele. Parece que Vale São José está no céu, dissipada no éter, com apenas um sino, um relógio e um chapéu de telhas a lembrar que ela existe, vagamente.

Ouve-se o murmurar do Arroio São José, que no inverno pode-se chamar de rio. Ouvem-se passos – toc toc toc na calçada da praça. Som de botas. Dá para ver, entre o chão e a nuvem baixa, as botas de Alexandre: toc toc toc na calçada.

– Xandinho!

– Quê? – Alexandre leva um susto.

Sai da nuvem, de um banco da praça, o Pedalada. Chamam-no assim porque tem um defeito nos tendões de Aquiles, para erguer os pés precisa subir muito os joelhos. É vagabundo, dizem que vive à custa da mãe. E se está num banco da praça a esta hora da manhã é porque decerto passou a noite na farra, provavelmente na zona.

– Oi, Xandinho – ele fala desse jeito embora não tenha intimidade alguma com Alexandre. Mas sabe tanto da vida de todos que os chama sempre por apelidos.

Alexandre se fecha, não responde e segue andando. O vagabundo vai pedalando ao seu lado:

– Tá indo pro serviço, meu guri?

Alexandre não o olha, continua seu rumo.

O vagabundo não fala por um tempo. Não se ofendeu, não está aborrecido, como nunca se ofende ou se aborrece. É aquela intimidade que ele mesmo se dá, ela lhe permite caminhar com alguém em silêncio. O que não dura muito:

– Tu não reparou numa coisa estranha hoje? – ele pergunta.

Alexandre acelera o passo, conta com o defeito físico do outro para se ver livre dele.

– Viu que não tocou o sino da igreja? – o vagabundo vai pedalando mais rápido. – O das seis...

— Eu me acordo sempre depois.
— Pois eu ainda não fui dormir, he he he.
Não gosto desse olhar debochado, não gosto de nada nesse cara. Pelo amor de Deus, o que ele quer?
— As tuas pernas não cansam de andar assim?
— E tu sabe por que não tocou o sino? O padre não tocou o sino porque tá dormindo... Porque ele passou a noite na zona! Ha ha ha.

Alexandre se volta para Pedalada. Os olhos cor de mel do vagabundo brilham, e tudo o que desejam é ouvir os pensamentos do jovem, ver sua reação. Alexandre diz:
— Vai te catar, Pedalada.
— He he... Não pensa mal do homem, ele tava pregando. É, trabalhando, oras. No início, o pessoal não deu bola e até riu do coitado, já chegou bêbado. Mas ele não parava de falar. Bebia e falava do monsenhor, e do pecado que fizeram roubando a cabeça dele... Sabe o que foi que eu pensei? Ah, guri, eu nunca tinha pensado nisso, mas pensei: "Pecado foi tirarem a cabeça do túmulo cinco anos atrás, isso sim, no mais é bobagem". O que tu acha, hein?

Alexandre acelera e se adianta. O Pedalada não tem mais como acompanhá-lo. Para e se apoia nas coxas, ofegante:
— Por que essa pressa, hein? Me fala, guri. — E com um fio de voz: — Por que tá fugindo de mim?...

Alexandre já vai longe, some no meio da nuvem.

* * *

O padre acorda às onze da manhã. Levanta ligeiro, sem se espreguiçar, como se ao fugir da cama apagasse a lembrança do que fez. Está de roupas, calça e camisa. O leão de chácara que o levou em casa teve a sensibilidade de lhe tirar os sapatos. O padre se lembra do negro imenso e mudo o arrastando pelas ruas. Quanto a ser posto na cama, não se recorda dessa parte. Anda sem equilíbrio até o banheiro. A cara amassada, a roupa amassada. O cabelo das frontes se ergue ao céu feito as asas de um anjo branco – ele ainda é novo, um grisalho precoce. Equilibra-se diante da pia e joga água no rosto, que escorre gelada até o peito. Acorda e pensa se está ou não arrependido. Da cozinha vem um cheiro de bife. O estômago se contorce. Só então percebe o quanto lhe dói a cabeça. Dói como fossem arrancá-la.

Na mesma hora, o Fusca da polícia para em frente à casa do suspeito, o vizinho da viúva do xale preto. Ele é, na verdade, o segundo suspeito pelo furto da relíquia. O primeiro é o falecido Pedro Rippi, no entanto, revistar a casa dos Rippi agora seria difícil: é gente de posição e está de luto. Já o infeliz aqui não tem quem olhe por ele, e dizem que é meio louco.

O delegado sente que o homem não teria por que roubar o crânio, o que não comenta com os outros. Ele e os dois agentes não saem do carro, não conversam. Pensando mais, ele se pergunta se *alguém* teria por que roubar o crânio, não há motivação plausível. Começa a chover. Ora, quem age sem motivação é louco, e este suspeito tem fama de louco, logo, ele teria motivo – o delegado aprendeu a pensar logicamente, esquece o olhar ameaçador que recebeu da viúva em seu gabinete, esquece até o desejo de encerrar o caso o quanto antes, considera apenas a lógica. Os vidros do Fusca embaçam. O delegado lembra que ontem prometeu visitar a amante, tem de apressar a operação. Precisaria de um mandado judicial, mas o juiz é na cidade vizinha, isso atrasaria tudo, atrasaria a visita à amante.

Um dos agentes, que está perto de se aposentar, cochila no banco de trás. O outro, no lugar do motorista, tenta sintonizar o rádio.

"Tomara que o doido não esteja em casa", o delegado pensa. Ele *sabe* que o homem não pegou a relíquia, não imagina *ninguém* a roubando. Preferia subir até o cemitério e ver se ela não teria voltado à urna de vidro; se estivesse lá, ele poderia esquecer toda essa história e ir de uma vez para a cama da amante.

O agente acordado o interrompe:

– E então?

O delegado baixa o vidro até sentir a chuva a lhe respingar nos olhos.

Cheiro de terra molhada.

– Vamos – ele diz, abrindo a porta do carro.

O agente no banco de trás não acorda. Sonha que está cortando a cabeça do chefe.

* * *

Calmaria na loja, quase hora de fechar. Domingos convida o afilhado para a janta. Alexandre titubeia e responde que não sabe. Responde-se assim quando uma boa desculpa demorou a vir, uma qualquer para dizer não. O velho conhece as almas, viveu e sofreu o suficiente para isso. Não insiste. O afilhado acaba aceitando.

Queijo, salame, pão e vinho tinto de mesa. O rádio ligado e, depois de tantos dias, nenhuma nota sobre a desgraça aqui em Vale São José. Sendo assim, ninguém na cidade vizinha sabe, ninguém daqui abriu a boca para o mundo. E sequer houve combinação, a comunidade não se reuniu para cuidar do assunto, como fizeram outras vezes... Quando decidiram obter a relíquia, por exemplo. Domingos estava lá.

Naquele tempo ainda enxergava bem. Viu muito bem os rostos das pessoas no salão paroquial, em todos havia um misto de desejo e nervosismo. Queriam, precisavam de um pedaço do monsenhor que os ajudasse a recordar e a se guiar, a dúvida era qual.

A reunião foi dirigida pelo ministro Claret. Ele, o padre e o prefeito sentaram-se à mesa. Os outros se dispuseram num semicírculo, em cadeiras de palha. Era frio como hoje, as janelas do salão estavam todas fechadas.

Deitado ao pé da porta, no lado de dentro, um cachorro galgo dormia.

Os cidadãos, embora de sangue italiano, nessa noite falavam baixo: o murmurinho era agradável, o cachorro dormia em paz.

— A batina — começou o caminhoneiro Ariovaldo, argumentando que a batina os faria sentir a presença do "pai de todos". Atrapalhado e com vocabulário tosco, ia falando como podia; em resumo, foi isso.

A esposa, ao lado, concordava com a cabeça. Só olhava para o padre, que tentava se esquivar, como se a mulher quisesse lhe arrancar a própria batina.

As pessoas discutiam entre si sobre a batina quando o prefeito, que até então não dissera uma palavra, inclinou-se e disse ao ouvido do padre:

— Tem uma batina guardada ou a gente vai desenterrar o homem e tirar a roupa dele?

O padre se levantou de pronto:

— A batina não dá.

— Então o rosário — propôs a sra. Rippi, também se levantando.

A partir daí, cada um que opinava ficava em pé, e depois não sentava mais:

"O rosário não, poderia ser de qualquer um."

"Os óculos."

"A Bíblia."

"A dentadura..."

O ministro Claret batia na mesa, pedindo silêncio. Já havia muitos em pé, uma confusão em voz alta praguejando *porco* isso, *porco* aquilo.

O galgo se acordou e latia sua opinião.

Domingos pensara em alguma coisa mas não falou, a reunião estava descambando, ninguém o ouviria. Ele e a esposa do caminhoneiro eram os únicos sentados e calados. Ela, quase sem piscar, ainda balançava a cabeça, agora não concordava apenas com o marido: virava-se para todos os lados concordando, concordando com um, com outro, com todos, concordando, balançando a cabeça...

– A cabeça! A cabeça!

Até hoje não se sabe quem gritou, nem como a ideia foi aceita com tanta naturalidade. Até hoje ninguém sabe quem bateu na janela pelo lado de fora tão forte que fez todos se calarem, inclusive o cachorro...

BAM! BAM! BAM!

* * *

Alexandre sai da casa do padrinho com o estômago e a cabeça cheios. Pergunta-se por que Domingos lhe contou a história da reunião. Supõe que ele tenha visto a caveira no baú da madrinha...

Não, não pode ser.

Alexandre abana a ideia com a mão como se espantasse moscas. Haverá de buscar um esconderijo melhor mas, até que pense em algum, a maldita relíquia ficará cheirando camisolas mofadas. Se o padrinho viu, ainda não contou a ninguém...

É meu cúmplice. Mas cúmplice de quê?

Precisa devolvê-la. Não consegue imaginar como.

É noite, e em vez de ir para casa, bate na porta de Giovanni. A mãe do amigo abre e diz que o filho está no quarto, manda Alexandre passar. O quarto de Giovanni fica nos fundos do pátio – como é o mais velho de cinco, ele tem essa regalia. Atravessando a cozinha, Alexandre cumprimenta o dono da casa e o padre, os dois tomam chimarrão junto ao fogão à lenha, há uma travessa de cuecas viradas sobre um banco mocho.

Giovanni também espera o serviço militar, ainda que sem planos de seguir carreira. Ele faz um curso de Eletrônica por correspondência e neste momento está sentado sobre a cama, com um aparelho de som desmontado entre suas pernas, muito compridas. É a quarta vez que o desmonta, em nenhuma conseguiu que funcionasse depois.

– O que o padre faz aqui a esta hora? – Alexandre pergunta sentando-se numa poltrona.

– Não sei, o padre está aí?

– Acho que ele anda atrás da caveira.

– Que caveira?

– Não te faz de sonso, Gio. Foi tu que roubou?

Giovanni segura um fascículo do curso de Eletrônica, olha para um desenho cheio de capacitores e resistores.

– Foi ou não foi? – Alexandre repete.

– Ah, milico, vai tomar no cu. Nunca fui lá nem pra olhar aquela merda. É tudo superstição desses ignorantes. Eu sou um cientista – Giovanni pega um transistor, observa-o de um lado, do outro, larga a peça no mesmo lugar.

– Então quem foi?

– O maluco do Rippi, é óbvio. Ele até se matou.

– Acho que o Rippi não fez isso.

– Tá, não foi ele. Por mim, tudo bem.

Abrem a porta sem bater. São os irmãos D'Ambrósio. São muito parecidos, têm apenas um ano de diferença, olhos completamente negros, e cada um penteia o cabelo para um lado.

– O padre também foi lá em casa – fala o mais novo.

– O padre está aí, é? – Giovanni repete a cara debochada de antes, quando fez a mesma pergunta a Alexandre.

O D'Ambrósio mais velho ri:

– Ele tá indo na casa de todo mundo. Diz que vem aconselhar e acalmar a gente. Mas eu sei o que é, ele anda atrás da caveira.

– E vocês roubaram a caveira? – Giovanni pergunta com uma sobrancelha erguida.

Os irmãos se olham:

– Até que ia ser uma boa.

– Ha ha ha.

Alexandre se levanta, bufando:

– Larguei de vocês. Vou embora.

– Espera aí – o D'Ambrósio mais velho fala, segurando-o. – Vem com a gente, vamos dar uma lição no padre. Uma surra.

– Boa! – Giovanni pula da cama.

Os quatro rapazes se olham sem falar. O tempo para.

Quem o traz de volta é Alexandre:

– Vocês perderam a cabeça.

Capítulo III

Homens de missão não fogem do destino. Para o bem ou para o mal, um dia serão cobrados.

Sábado de tarde. A cidade está morta. O sol é o típico das tardes de inverno, agradável. Nesses dias, é de regra que não aconteça nada, bom ou ruim. Atrás do antigo seminário, hoje o hospital, há um pomar de laranjeiras. Alexandre está aqui sozinho, sentado no chão, encostado numa árvore, sonolento. Trouxe de casa uma pequena faca, esperava mesmo não encontrar ninguém, comer as laranjas neste silêncio. Esquecer.

Do hospital também não se ouve som nenhum. Os raros internados, e também as enfermeiras, sesteiam. Não há pássaros nem vento, o silêncio zumbe crescentemente. Porque o silêncio é assim, fugaz: esperado enquanto há barulho, prazeroso nos primeiros instantes, depois vai zumbindo, zumbindo, e é preciso um novo barulho para recomeçar o ciclo.

Agora foi um grito de mulher.

Alexandre levanta de supetão e isso o deixa tonto, sua visão escurece e tem de sentar de novo. O grito não se repete, é difícil saber de onde veio. Ele olha para trás, para o pomar verde e amarelo, as janelas azuis do hospital e tudo o que alcança. Levanta-se devagar. Por ter comido duas laranjas, sai com a boca lambuzada e a faquinha na mão direita – a esquerda, encharcada de suco, vai aberta para secar. A tontura passou, ele se sente firme e anda mais rápido. Ouve os próprios passos e o respirar pesado. Entretanto o zumbido, é estranho, não se foi.

Contorna o hospital. Longe das sombras, o sol o expõe, o desprotege e o obriga a espremer os olhos. Pensa em parar, mas o sol tira-lhe qualquer vontade. Está hipnotizado e andando sem rumo com uma faquinha na mão.

Na frente do hospital, próximo ao chafariz, uma enfermeira aponta para um homem caído no chão. Alexandre entende que o grito foi dela, não obstante sua cara seja inexpressiva. O homem está inconsciente e sangrando. Do prédio saem mais duas enfermeiras. Uma se ajoelha e traz a cabeça do homem ao seu colo, sujando de sangue a calça branca. A outra, em pé, grita para dentro do prédio, de onde sai uma terceira empurrando a maca sobre rodas. Elas o deitam na maca, voltam correndo para o hospital.

Como ninguém me viu? Eu estava o tempo todo aqui do lado. Só não ajudei a socorrer o homem porque elas foram muito rápidas.

Para as mulheres, Alexandre era um fantasma.

Ele as segue, despercebido, pelos corredores do hospital. Passa pelas enfermarias que antes eram as salas de aula do seminário: todo o andar térreo de aulas; nos outros, os dormitórios. As paredes não eram brancas como hoje, e sim cor de telha, o reboco mais conservado. As grandes imagens de São José, São João Batista, do Arcanjo Miguel, à meia altura da parede, estavam ali desde aquela época.

O pequeno Alexandre andava pelo corredor de mãos dadas com o pai. Vinha tomar a vacina contra a varicela. O olho direito tapado por um curativo, o que daria lugar à cicatriz que lhe corta a sobrancelha para sempre. O pai ia falando: "Se o seminário não tivesse ido embora, tu serias padre". E explicava o porquê: para salvar almas. Salvar as almas do inferno era a missão mais nobre que um homem poderia ter. "Mas nas Forças Armadas também... Nas Forças Armadas...", e não conseguia fechar um argumento que elevasse a carreira militar à mesma nobreza. O pequeno, com um olho só, ao observar as imagens na parede, reparou que no menino Jesus, ao colo de São José, faltava o lóbulo de uma orelha. O gesso exposto o fez pensar na razão de alguém subir tão alto para cortar a orelha da criança. Aos seis anos de idade, as imagens pareciam mais altas, e tudo o que fosse diferente era um mistério. Mas ele não perguntou nada ao pai. Tomada a vacina, voltou com o braço doído e sem olhar para os santos.

– Quem é? – pergunta uma das enfermeiras depois de lavar o sangue no rosto do homem.
    Alexandre chega perto e espia. Também não o reconhece. É de um tipo que se repete em Vale São José: nariz fino e grande, face rosada – especialmente nas bochechas –, cabelo negro. Talvez o reconhecesse cruzando com ele na rua, cumprimentando-o, vendo-o numa circunstância comum. Mas uma pessoa tão fora do lugar, espancada e desmaiada sobre uma mesa de ambulatório, transforma-se.

– Eu sei – fala a outra enfermeira, mais velha. Ela se debruça, levanta uma pálpebra do homem, observa de perto seu olho cor de amêndoa e se vira para as colegas. – Não lembro o nome, mas é o vizinho da viúva do xale preto.

Alexandre age como um bom fantasma, desaparecendo. No corredor, se lembra de olhar para cima: onze anos passaram, e a orelha do menino Jesus continua quebrada. Não lhe parece agora tão distante. Se quisesse, ele mesmo, num salto, quebraria a outra.

Perdeu sua faquinha. A tarde do sábado também está perdida.

* * *

Toca um despertador. Cinco horas. Pela cortina, passa a luz fraca do sol que já baixou entre os morros.

O delegado de polícia acorda na cama da amante.

Por segundos, não tem noção de onde está ou quando. Por segundos... Até que tudo retorna, em bloco: o sumiço do crânio, a viúva do xale preto, o suspeito, a tarde do sábado com a amante.

Levanta e se olha no espelho da penteadeira. Tenta ajeitar o cabelo com as mãos. Não adianta. Nunca se deu bem com o próprio cabelo. Abre a gaveta, mexe nas coisas, tira um pente. Pelo reflexo vê a mulher dormindo, a perna direita nua sobre as cobertas. Ela dorme de camiseta e calcinha brancas, combinação agradável com o cabelo ruivo. Tem pouco menos de quarenta anos e se mantém toda rija.

Penteado como pode, mexe de novo na gaveta, tira a lixa de unhas. É canhoto e então começa pelo indicador da mão direita. A amante resmunga na cama, pergunta se já é hora. O delegado não a ouve. Está olhando para as mãos, magras e com polegares em forma de baqueta, como eram as do monsenhor. Jamais gostou dos próprios dedos.

Na primeira eucaristia, conforme seguia a fila, reparava naqueles dedos magros e cabeçudos enfiando a hóstia na boca das outras crianças. Quando chegou sua vez, olhou para cima, para o rosto pequeno e de olhos grandes, "*Corpus Domini Nostri Jesu Christi*". Fechou os olhos, abriu a boca e sentiu que se afogaria, mas confiou. Muitos meninos não gostavam do homem santo, ele era duro, não admitia desvios à Lei de Deus. Muitos o odiavam. Essa é a cruz dos que são responsáveis pelo rebanho, pela ordem.

Agora o senhor da ordem é ele, o delegado. Lixa a unha do dedo médio e pensa na sua cruz, nas coisas que tem a fazer, coisas desagradáveis. Entende o monsenhor, a compreensão de todos é impossível. Há de se relevar, perdoar os ignorantes. É um mártir, conclui ser um mártir.

Diz à amante que está indo, volta na quarta-feira.

Gira a ignição do Fusca e pensa no tempo que perdeu com o vizinho da viúva. O homem, de tão só e isolado de tudo, nem ouvira falar do roubo. Era outro que pagava por não ser compreendido.

Lembra-se da expressão nos olhos da denunciante, aquela mulher altiva e segura, e de como ela ajeitava o xale – que não estava se mexendo nem tinha como cair – sobre os ombros pontudos, sem parar.

Sim, a viúva é suspeita.

* * *

O padre continua fazendo visitas. Chega numa hora em que não há como não convidá-lo a ficar para o almoço ou a janta. Nenhuma se compara à comida de sua cozinheira, filha daquela que foi a cozinheira do monsenhor. Mas ele se sacrifica, precisa de tempo com as famílias, e uma refeição deixa toda palestra mais longa: fica-se à mesa depois, vem um doce, um cafezinho, um chá de boldo. Ele vai permanecendo o quanto quiser, ninguém expulsa um padre de casa.

A mulher do caminhoneiro Ariovaldo falou pouco. Nunca teve índole ativa, acostumou-se a concordar. O padre discursava sobre a desgraça que encobrira a cidade feito uma sombra malévola. A dona da casa dizia "pois é", "pois então", assentia com a cabeça e oferecia mais polenta ao sacerdote. O caminhoneiro estava trabalhando, subira para Santa Catarina. A esposa parou a colher no ar, pensando que a viagem demorava mais do que o esperado e se o marido levara cuecas suficientes. Havia três crianças à mesa, elas não davam atenção ao padre nem à mãe. Também não conversavam entre si. A menina de oito anos tinha uma boneca doente, a perna de plástico fora comida pelo cachorro. A outra, de dez, parecia uma sonâmbula, imóvel. O menino, de onze, com o mesmo nome do pai, pensava no futuro, no que fazer depois da janta.

O casal D'Ambrósio, pelo contrário, não deixou o padre falar. Eram assuntos cruzados, o representante do Senhor mal pôde comer, zonzo. O pai reclamava dos filhos, que "não querem nada com nada, *capisce?*", "sim, entendo", "merecem uma surra, uma bem dada, mas são grandes, não posso com eles, *capisce?*", "não concordo, o senhor não deve...", "ah, o senhor é padre, nunca vai saber", o homem falava com o punho fechado no ar. A mãe reclamava do pai, na frente dele, "esse folgado, quebrou o nariz jogando bocha!, se desequilibrou e foi, ó, de cara no chão".

Na casa dos Marcolino a fortaia estava estragada. O padre ficou dois dias de castigo, da cama ao banheiro, suando em febre.

À mesa do velho Domingos havia bolor no pão. As rodelas verdes pintadinhas de branco eram pequenas demais para ele enxergar – o pão em si já era um vulto, ele o manuseava cuidando para não cortar os dedos.

Enquanto ele e o padre comiam, sem conversa, o velho se lembrava da época em que estudara no seminário.

Eram muito moços lá, meninos. Nem todos queriam se tornar padres, alguns se internaram só para sair de casa e fugir da roça. A rotina era exaustiva, de vez em quando alguém desistia. Acordar cedo no inverno e se meter embaixo de um chuveiro gelado define a personalidade de um homem e, caso ele não seja capaz, passa o resto da vida dizendo que aquilo é cruel. Domingos resistia. Destacava-se nas matérias de Catecismo, História Natural e História da Igreja. Nos dias de visita familiar, como os seus eram de longe e não vinham, escrevia um diário, fechado no quarto, sozinho. Sua caligrafia era elogiada: um irmão leigo até lhe pediu para redigir sua carta de apresentação, ele concorreria à vaga de professor numa universidade. Mas o monsenhor parecia ignorar todos esses talentos e o tratava com bastante indiferença, o que destoava de sua postura sempre paternal com os seminaristas. Domingos tinha um pesadelo recorrente: o monsenhor lhe decepava a mão sobre uma tábua de cortar carne. Num fim de tarde avermelhado, o "pai de todos" o chamou ao seu gabinete e lhe disse que ele não tinha vocação para a vida religiosa. Que pegasse as malas e fosse cumprir seu destino, perante Deus um bom chefe de família vale tanto quanto o mais abnegado padre. O jovem Domingos ficou tonto ao ouvir a palavra destino, viu o cutelo na mão do monsenhor e sentiu uma dor incrível nos punhos. Odiou-o, desejou sua morte. Quem ele pensava ser, decidindo o que era ou não o destino dos outros? Deus? Ora, se Deus mudasse de ideia e deixasse de chamar Domingos ao sacerdócio, diria a ele intimamente, direto a seu coração, nunca através de um ser estúpido e cruel. Domingos então acordava de um sonho e sentia a água gelada do chuveiro o empurrando contra o piso gelado. Mas impossível resistir, a sentença do monsenhor era a palavra da lei, de certa forma, era a própria lei. Um bom chefe de família, ele disse...

Domingos ouvia o padre falando da relíquia roubada e se lembrava do seminário, e lembrava que toda a sua família estava num porta-retratos na estante da sala. Ouvia em silêncio, as recordações eram apenas para si. Ele soube desde o início que mexer com o monsenhor era perigoso, não precisava de sermão nem de que ninguém lhe mostrasse o que os olhos cegos ainda conseguiam ver.

A viúva do xale preto não abriu a porta ao visitante. O padre bateu duas vezes, não mais. Bastava. Qualquer um sabe que ela quase não sai de casa e nunca foi surda.

Na sétima noite – voltando de um desses jantares com uma azia espetacular –, o padre é cercado num terreno baldio. São três rapazes e batem batem batem até que ele pare de gritar e gemer. Usam sacos de papel na cabeça, com somente dois furos para os olhos. Todos têm olhos negros.

* * *

O prefeito vai à delegacia. É um homem fraco – ou apagado. Até no corpo, não apresenta um traço marcante: não é magro nem gordo, nem careca, nem tem olheiras, cicatrizes, barba, usa roupas neutras, sapatos nos quais ninguém repara... Anda nervoso com o aniversário da cidade, o sumiço da caveira está deixando todos nervosos, isso tem que se resolver antes da festa. Ele precisa agir, mas, como é de seu feitio, não sabe o que fazer. Qualquer coisa que o delegado diga ou invente será considerada uma ação conjunta. Políticos nunca saem mal de calamidades, ele não será o primeiro.

O escrivão Boezzio está na sua mesa, concentrado, batendo à máquina. Ao ver o prefeito, amassa o cigarro no cinzeiro já repleto de tocos e chega-se ao balcão.

O prefeito tosse, por conta do cheiro de fumo que vem com o funcionário. Sempre foi um problema nas campanhas eleitorais – ter de abraçar todo mundo, fumante ou leproso –, mas está aí, reeleito; um homem que se sacrifica pelo bem de todos.

– Quero falar com o delegado – ele diz com vergonha, muita vergonha. Olha para Boezzio e para as pessoas esperando sentadas junto à parede, meia dúzia com ar de impaciência e desconfiança. "Eleitores", ele pensa. Tem medo desse tipo de gente. Se pudesse, sairia correndo.

– O chefe está num interrogatório. Pode demorar – diz o escrivão.

– E esses aí? – ele cochicha.

Boezzio, olhos nos olhos do prefeito, responde alto:

– Todos vieram denunciar alguém. Agora todo mundo na cidade desconfia de alguém. Parece que muita gente roubou a cabeça do monsenhor – fala e abre um riso debochado. Mas falar tanto e tão alto não combina com a personalidade do escrivão Boezzio; algo o perturba, e ele mesmo não entende bem o que é.

As pessoas à espera agitam-se, cruzam pernas, acomodam colunas, pigarreiam.

– Esse aí do interrogatório, pra ver – continua Boezzio –, ele veio aqui entregar um vizinho. Só que o vizinho chegou antes.

Os homens nas cadeiras das pontas se olham. Dois colonos de meia-idade, são primos, e vieram delatar um ao outro. Ao entrecruzarem olhares, lembram-se da infância – os almoços na casa da *nonna*, as pescarias –, das noitadas de canastra depois de adultos e de como, além de primos, sempre foram amigos.

Uma senhora de óculos escuros, mulher do gerente do banco, veio para dizer que sua doméstica anda estranha de uns dias para cá. Anda muda. "Isso é suspeito, não é, doutor?", interpelará o delegado na expectativa de que ele confirme "sim senhora, provavelmente ela roubou o crânio; a senhora tem uma perspicácia e um sexto sentido que nunca vi". Mas, pensando bem, a empregada tem uma filha doente, paralítica, o marido é borracho, e ela cozinha como nenhuma outra cozinhou antes – e veja que desde que chegou à cidade, faz dois anos, esta senhora de óculos escuros já teve quatro empregadas. "Olha, doutor, no fundo ela é boa gente, deixa assim."

Outra que está aqui sentada é a Maria Doceira. Uma velha negra, neta de escravos, que percorre a cidade de porta em porta vendendo doce de leite e cocadas. Delatará dois clientes que não lhe compram mais. Um finge que não está em casa – ela encosta a orelha na porta e ouve muito bem o som de rádio –, o outro tem deixado o cachorro solto, o que não lhe permite abrir o portão. Maria Doceira nunca estudou, nunca fez nada a não ser doces, não tem raciocínio lógico suficiente para perceber que, não os acusando de cúmplices, a certeza com que denunciará cada um dos clientes invalidará a suspeita sobre o outro.

* * *

A mãe de Alexandre e seus olhinhos verde-água acabam a tarde e a fervura do caldo de galinha. Hoje terá sopa, no inverno é sopa quase toda noite.

Ela segue a rotina. À tardinha é hora de arrumar a casa. Pega do varal as toalhas de banho e as põe dobradas no banheiro: a do filho, a do marido, a sua, na ordem inversa dos banhos – que é sempre a mesma, denotando, portanto, uma *ordem*, sinal de estabilidade. Cantarolando um hino religioso, vai ao seu quarto e faz a cama. Fecha a janela, a cortina, alinha os chinelos do marido.

No quarto do filho, fecha a janela, arruma a cama, dobra algumas roupas. Guarda-as na gaveta sem notar que sempre o fez do mesmo modo, com a mesma atenção – a única diferença é que, com o tempo, as roupas cresceram.

Quando está saindo, para de cantar, estaca. Sente um calor no peito, os olhinhos verde-água se agitam. Imobilizada, de costas para o quarto de seu único filho, a respiração fica difícil. Ela tem quarenta e três anos e nunca se sentiu assim.

Volta, abre a porta do guarda-roupa, mexe nas roupas. Vira-se, percorre cada espaço do quarto com um olhar menos verde que antes. Agacha-se e espia debaixo da cama. Senta rapidamente na cama. Treme, sem acreditar no que está fazendo, e afasta os cabelos que caíram sobre seus olhos quase sem cor. Não acredita...

Volta a olhar debaixo da cama. Encostada na parede há uma caixa, parece uma caixa de chapéu. Por alguns segundos, ela apenas a observa. Então recua, põe-se de joelhos, a respiração mais difícil.

Não pode ficar assim.

Enfia-se debaixo da cama e tira dali a caixa.

Senta-se no chão, escorada na cama, com a caixa no meio das pernas. Contará até dez e abrirá ou não a caixa segundo a vontade de Deus. Só Ele sabe o que é certo e o que é errado, ela não é ninguém para saber. Recomeça a cantarolar o hino religioso, mais alto que antes, e mentalmente conta os números. É tudo junto, como o malabarista que mantém três bolas no ar sem deixá-las cair: o canto, os números, a dúvida.

... nove... dez.

Abre a caixa.

Um pelotão de soldados verdes e de plástico, com fuzis, bazucas, metralhadoras. Todos de capacete, deitados, correndo, mirando.

Fica sentada, a caixa entre as pernas afastadas como se acabasse de ser parida. Não olha para a caixa, olha para um horizonte além das paredes daquele quarto. Muito além do vazio que a arrebata e lhe tira a força até para respirar.

Quando as pessoas se dão conta de que estão mudando, é porque já mudaram.

Capítulo IV

Apesar do barulho do sino, que é de se ouvir a quilômetros, o bebê dorme.

Há três caminhos para se chegar a Vale São José, nenhum deles asfaltado. O mais antigo, pelo sudoeste, é a descida da serra, por onde vinham os padres palotinos rezar a missa na primeira capela. Através dele, chega-se aos portões do cemitério, de onde se tem a melhor visão da cidade. O segundo, a noroeste, é outra descida desde o planalto, que no final também entra pelo cemitério. O terceiro, a sudeste, vem de uma região baixa e arrozeira, mas ainda assim é necessário subir e descer um morro e atravessar o Arroio São José antes de entrar na cidade. Chega-se pela rua do hospital.

O padre e o vizinho da viúva do xale preto estão lado a lado numa enfermaria.

– Quem me trouxe? – o padre acorda perguntando.

O outro tem a cabeça enfaixada, gesso num braço, e está no soro. Deitado de lado, cuida atentamente o padre. É certo que entende o que ele fala, mas não responde. Respira arquejando.

– Quem me trouxe?

O homem de Deus acordou curioso.

Uma enfermeira jovem, loira e com o rosto pontilhado de sardas entra carregando uma bandeja. Coloca-a sobre a mesinha à cabeceira do padre, arremanga o pijama dele acima do cotovelo e vai-lhe atando um garrote no braço.

– Que é isso, minha filha?

– Antibiótico.

A moça, nada simpática, lhe aplica a injeção. Sabe fazê-lo bem, o padre não sente dor. Ela desata o garrote, coloca no furinho um algodão e esparadrapo, puxa de volta a manga do pijama, pega a bandeja, vai saindo.

– Quem me trouxe? – ele consegue dizer antes que a enfermeira chegue à porta.

Ela se vira, faz um gesto de "espera aí" e sai pelo corredor. Seus passos reverberam no piso frio.

O padre se volta para o companheiro de quarto:

– Que houve com o senhor?

O vizinho da viúva geme, vira-se de barriga para cima, fecha os olhos. De perfil, vê-se que seu peito abaixa e levanta muito pouco, devem lhe doer as costelas. Ele não fala. Parou de gemer.

Novos passos reverberando no corredor. Cheiro de canja de galinha.

O padre fica de pescoço erguido e olhos estáticos, esperando que alguém apareça.

Ninguém entra na enfermaria, sequer passam pela porta. O cheiro quente vai diminuindo.

O padre se deita de novo:

– Só preciso cuidar do meu rebanho. É a minha missão. Tenho que sair daqui. Por que me fizeram isso? Enfermeira.

Enfermeira. Eu não devia? Não fiz certo? Pai, se não for da tua vontade... Enfermeira, que é isso na minha perna? Cadê minha perna? Enfermeira...

Os agressores bateram especialmente nas pernas. Elas ficaram como carne moída. Guisado de segunda, com osso misturado. A direita se pôde salvar.

– Eu roubei – diz o vizinho da viúva.

– O quê? Minha perna? Ela está doendo. Ai, como dói... Enfermeira, enfermeira...

– A cabeça, eu roubei a cabeça – o homem ao lado faz força para falar, respira curto, geme.

Escureceu.

O padre mal enxerga o perfil do outro subindo e baixando. Esquece a perna. Ouviu a confissão do roubo, sua procura pode ter acabado. Pensa, num átimo de iluminação, que a surra foi o instrumento de Deus para trazê-lo ao hospital. Lembra-se do que perguntou logo ao acordar: "Quem me trouxe?".

– Eles não entraram no meu porão... – o homem fala tão fracamente que o padre só ouve "não entraram".

– Não entraram onde?

– Ela tem olhos azuis...

Disso o padre já não ouve nada.

– Onde foi que não entraram?

O vizinho da viúva morre ao lado de um padre sem receber a unção dos enfermos.

* * *

O ministro Claret entra na loja de Domingos. Entra devagar, ou cuidadoso, não veio comprar uma correia ou um cabo de embreagem. Alexandre está sozinho ao balcão. O ministro o cumprimenta e olha na direção da porta interna. Olha para o jovem, como a inquirir sobre o velho.

– Quer falar com ele? – Alexandre pergunta.

– Sim. Como ele está?

– Bem... Daquele jeito.

– E as vistas?

Domingos aparece, vem de dentro da casa. Por cima da camisa, veste um blusão de lã pelo avesso.

– Bom dia, ministro.

– Bom dia, amigo.

Alexandre não sabia que os dois se davam bem. Retira-se, vai limpar as prateleiras de vidro. A presença de Claret o incomoda. De canto de olho, não perde seus movimentos. Abaixa-se atrás do balcão, vê um molho de chaves pendurado no cinto do ministro.

Não é possível que a casa desse cara tenha tanta porta, é muita chave, devem ser da igreja.

Termina de passar o pano úmido e continua abaixado atrás do balcão.

– Vamos lá em casa tomar um chimarrão – o padrinho convida o ministro.

Alexandre se levanta e observa os dois entrando na casa. Imagina-os andando em silêncio até o quarto, olhando para o baú, abrindo o baú com uma das chaves que o ministro leva no cinto e, por fim, pegando a caveira. Os olhos de Claret brilhariam como decerto brilharam na noite em que ele a tirou da sepultura. Alexandre o vê como o dono da caveira.

Depois o ministro voltaria à loja e lhe apontaria o indicador e em seguida apontaria para o teto...

De onde agora pende uma forca.

É o corpo de Pedro Rippi, que balança e rodopia calmamente, dando uma volta inteira. Ao começar a segunda, o enforcado não tem mais o rosto do falecido Rippi, e sim o seu. Os lábios do Alexandre enforcado são escuros e lhe dizem alguma coisa, repetem, repetem...

– Alexandre.

– Ah?

– Alexandre – seu pai repete em frente ao balcão, talvez esteja ali faz tempo.

– Oi, pai.

– Cadê o teu padrinho?

– Lá dentro.

Boezzio se vira na direção da porta interna, depois encara o filho, com os olhos espremidos de quando traga o cigarro ou pensa.

– Chama ele pra mim.

– Quem sabe o senhor vai lá. Ele tem visita.

– Que visita?

– O ministro Claret.

– Porcaria.

– Que foi?

– Nada. Vai trabalhar. Depois eu falo com ele.

Boezzio sai. Na calçada, acende um cigarro, traga, olha para o filho. Olha para todos os lados, indeciso. Traga mais uma vez, joga o cigarro no chão e atravessa a rua.

O enforcado no teto volta a ser Pedro Rippi. Apesar de roxo, sorri para Alexandre – o que, além de criar um papo sob seu queixo pequeno, dá a impressão de que se diverte ali. Balança de um lado para outro como num brinquedo de praça. De repente, fecha o sorriso e se vira apreensivo para a porta da rua...

Entram os irmãos D'Ambrósio, rindo de bobos, como sempre, e atrás deles o Pedalada. Seu jeito de andar, ou melhor, tudo nele irrita Alexandre.

Os três enchem a atmosfera da loja.

— Então? — pergunta o D'Ambrósio mais velho, olhos paralisados como os de um louco. — O que tu tá fazendo?

Alexandre responderia "trabalhando", se não visse que é só uma provocação.

O D'Ambrósio mais novo achega-se na frente da caixa registradora e pergunta, sem desviar os olhos dela:

— O velho te deixa mexer com dinheiro?

Alexandre continua calado.

Um rangido no forro do teto. Pedro Rippi, se balançando outra vez, tenta acertar um coice no D'Ambrósio que acabou de falar, mas as pernas não alcançam. Conforme esperneia, a corda aperta mais o pescoço, aumentando o papo sob o queixo pequeno.

O D'Ambrósio mais velho acompanha o olhar de Alexandre para o teto. Cai alguma poeira em seus olhos. Ele sacode a cabeça e tapeia a roupa, limpando-se.

Pedalada sonda:

— Xandinho, sabia que prenderam aquela viúva doida?

Pedro Rippi faz cara de contrariado e para de se balançar. Franzido, olha para Pedalada e depois para Alexandre, pedindo explicação.

— Por quê? – Alexandre pergunta.

— Ora por quê! – o D'Ambrósio mais novo se mete, ainda em frente à máquina registradora.

Alexandre, com um peso repentino e insuportável nos ombros, sente que o mundo vai descambando. Pedro Rippi se debate, agarra a corda acima de si com as duas mãos e tenta se erguer.

Tenho que devolver esta coisa, antes que tudo piore.

Lembra-se das palavras do velho Domingos, logo que o crânio foi roubado: "Ninguém vê a desgraça". Agora entende o que ele dizia.

Agora eu vejo.

E vê que tudo pode piorar, que ainda não chegamos ao limite, se é que há algum.

Desaparecem todos da loja – o morto, os impertinentes –, e Alexandre está sozinho como nunca esteve em nenhum dos dezessete anos de sua vida. O peso cresce, e ele diminui, esmagado. Esmagado e sozinho, diminuindo, diminuindo...

— Aquela mulher nunca me enganou – o D'Ambrósio mais velho fala com gravidade, finge bem.

— É uma bruxa.

— Uma vaca.

— Mal comida.

— É, ninguém come ela.

— Tu acha que alguém come a bruaca, Xandinho, hein?

— Olha lá – o D'Ambrósio mais novo aponta para fora –, o fruteiro saiu da banca, deixou tudo atirado!

— Sim, vamos lá.

— Vamos lá.

***

O sino da igreja começa a tocar e não para mais.

Em casa, a mãe de Alexandre se desconcentra e abre o forno antes da hora. O bolo de milho abatuma.

No gabinete, o prefeito está com as duas senhoras que organizam a festa do aniversário da cidade. Ele interrompe a conversa, vai à janela e fica olhando a torre da igreja. Fica assim por quase um minuto. Sabe-se lá o que passa na cabeça de um homem como ele em silêncio. As duas mulheres também vão à janela. Uma delas faz o sinal da cruz. A outra sofre de rinite e funga o nariz compassadamente, mas sem sincronia com as badaladas fortes e convictas:

BLÉM

BLÉM

BLÉM

A mãe de Pedro Rippi, destruída na cama, espreme o travesseiro sobre a cabeça. Não saiu de casa depois de enterrar o filho. Herdou-lhe o hábito noturno de cuidar da cidade e do pátio, caminha se esquivando no escuro enquanto os outros dormem. Depois passa o dia na cama, porém dorme pouco, ouve tudo. Mas o sino ela quer evitar, espreme o travesseiro como se fosse esmagar as têmporas.

BLÉM

BLÉM

BLÉM

Um cachorro é atropelado por uma bicicleta.

– *Cramento*, mas que porra – diz o delegado, e manda os dois agentes verem que merda é essa.

Eles saem de Fusca. O agente mais novo, curioso; o que está para se aposentar – barrigudo e sem qualquer vontade

– só pensa em voltar logo para dar uma boa e prazerosa cagada no banheiro da delegacia. O termo é chulo, mas é assim que o homem pensa.

Passam pelo cachorro atropelado. O bicho se equilibra em três pernas, suspende os guinchos de dor e late para o Fusca. O agente mais novo, dirigindo, baixa o vidro do carro e dá uma cuspida para fora: não acerta no cachorro.

E o sino, tocando:

BLÉM...

Os agentes chegam à igreja ao mesmo tempo que o Opala marrom da Brigada Militar. Descem do Fusca ao mesmo tempo que os brigadianos – sargento e cabo, ambos carecas e de bigode, são tio e sobrinho.

Na calçada e na escadaria, acumulam-se curiosos, mas ninguém ousou entrar no campanário. Antes de chegarem os homens da lei, trocavam ideias:

– O padre enlouqueceu?

– Não. O padre está no hospital.

– Então quem é que está aí?

– Será que não tem ninguém?

– Será que o sino toca sozinho?

A última a falar é uma mulher bastante jovem, uma mocinha carregando um bebê recém-nascido. Apesar do barulho do sino, que é de se ouvir a quilômetros, o bebê dorme. A mãezinha ainda não sabe, mas ele é surdo.

BLÉM

BLÉM

BLÉM

BLÉM

O brigadiano sargento, de revólver em punho, faz um sinal para o sobrinho cabo, que, com um coice de coturno, arromba a porta do campanário. A porta se desprende das dobradiças e cai sobre aquele que alvoroçava toda a Vale São José, o fruteiro. Ele põe a mão na testa que sangra. Ao contrário do que esperavam os policiais e os curiosos, não carrega a mínima expressão de insanidade – nem só os loucos fazem coisas sem sentido. O que parece é derrotado, encurralado e sem forças para se levantar. Mas surpreende: num salto alcança a escada em caracol, esquivando-se dos homens da lei, e sobe correndo, seguido por eles. A velha escada é de madeira, talvez não aguente o peso dos cinco.

Vinte minutos depois, o fruteiro está no cárcere da delegacia, com a testa sangrando e três dentes a menos. Na mesma cela, há dois homens, os primos colonos que denunciaram um ao outro.

O delegado se pergunta o que fazer com tantos presos. Mas não questiona o ato de prendê-los, são suspeitos que não lhe escapam mais. "Seria doce prender toda a cidade", ele pensa. Não estranha o termo "doce", que repetirá na cama mais tarde, no delicioso instante entre a vigília e o sono. "Doce", dirá então, sem que a esposa entenda o porquê. Doce, repetirá, doce... até dormir.

Na próxima cela, a viúva do xale preto reza ajoelhada. Como é muito alta, magra e usa roupa preta, se parece com a figura da Morte. O xale cobrindo a cabeça seria o capuz.

* * *

Domingos e o ministro Claret ficaram horas conversando, tomando mate e ouvindo rádio. Fazia tempo que não se encontravam assim, com calma e atenção para relembrar fatos e sentimentos, completando as falhas na memória um do outro. Claret também é viúvo, mas não falaram das mulheres. Outro assunto não tocado, embora cintilasse nos olhos dos dois, foi a relíquia. Um sabia o que o outro pensava. Domingos culpava Claret por ter arrancado a cabeça do "pai de todos". Por mais rancor que tivesse do homem que o expulsara do seminário, não achava certo perturbá-lo – ou, no fundo, temia que ele viesse outra vez ordenar seu destino. Claret culpava o amigo por lhe ter permitido ir tão longe.

Capítulo V

Jogue fora a pedra.

Duas senhoras impacientes na rodoviária. Uma é baixa e magra e tem cabelos longos e grisalhos, atados. A outra é baixa e "forte" e tem um buço preto. São as mesmas que estavam outro dia no gabinete do prefeito, quando o sino da igreja atordoava a cidade. A magra é aquela rinítica, bate o pé assoando o nariz num lenço de pano xadrez.

O ônibus não está atrasado, mas a espera as irrita igualmente. Elas foram cedo para a rodoviária por não terem o que fazer em casa.

Cai há horas uma chuva monótona e sem ímpeto, que não se desenvolve nem enfraquece; veio porque tinha de vir e ficará, sem emoção, até cumprir o turno.

A senhoras falam muito. O assunto é um qualquer. Em suas casas não tinham companhia.

O ônibus desce o morro ora deslizando, ora patinando nas curvas. O motorista sabe o que faz – quando chove, é assim mesmo –, atolou poucas vezes na vida. Os passageiros homens rezam para que esta não seja uma delas, pois teriam de empurrar.

Sinal de luz, é o Opala da Brigada Militar subindo. Os veículos se cruzam numa curva. O ônibus para o mais próximo possível do paredão, e o Opala passa por fora em primeira marcha. Se deslizar à direita, são oitocentos metros de precipício.

O ônibus continua, não está atrasado. O Opala da Brigada para logo adiante. Eles descem do carro, abrem o porta-malas e retiram uma motosserra.

As senhoras na rodoviária têm de agradecer a Deus pela chuva. A rua não é pavimentada, em dia de sol tomariam um banho de poeira com a chegada do ônibus.

O cobrador, praticamente um menino, abre o porta-malas e antes de tudo retira o embrulho que elas esperam.

As duas correm à casa da grisalha e magra, e abrem o pacote sobre a mesa de jantar.

"Vale são José – 18 anos de progresso", faixa branca e letras vermelhas.

– Ai, não acredito, erraram o "são"! Veio com "s" minúsculo! – a dona da casa fala com as mãos na cabeça. Para ela, o mundo acaba de se perder, gira ao contrário ou está prestes a parar e será o fim.

A outra coça os peitos, belisca o sutiã, plec, plec, plec. O buço, molhado, brilha de suor.

– Vamos mandar de volta – ela diz.

– Não dá tempo, não dá tempo.

Toca o telefone.

– Alô.

...

– Chegou, sim, senhor.

...

Animado pela desgraça alheia, o som da chuva aumenta, e a dona da casa mal ouve a ligação. Troveja, o vidro da janela treme.

A outra continua olhando o "s" minúsculo da faixa, enquanto coça as mamas em movimentos circulares e fortes.

Uma queda de energia faz com que a lâmpada se apague. Apesar de serem três e meia da tarde, é escuro como noite. As duas mulheres ficam ao redor da mesa examinando a faixa, no entanto, pouco a enxergam. O barulho da chuva é mais alto que os plec plec do sutiã beliscado com violência.

O prefeito desliga o telefone, olha a noite precoce pela janela, pega o aparelho de novo e ordena à secretária:

– Me liga pra delegacia de polícia.

– Não se preocupe – responde o delegado, também olhando para fora. – Aqui está tudo sob controle. *Tudo* sob controle.

* * *

O porta-retratos 21 × 14 cm tem uma vinheta banhada a ouro sobre madeira lisa. A fotografia colorida não engana: não era bonita nem feia, a mulher de testa pequena, sobrancelhas grossas, olhos difíceis de interpretar. Naquela época tinha uns trinta anos, morreu aos cinquenta e dois. Sorria e olhava para um ponto à esquerda, acima do fotógrafo. Soubesse que o retrato, exatamente aquele, ficaria para sempre na estante da sala, teria sorrido? Que expressão alguém faria, sabendo que lhe batem a foto de um morto? FLASH: esse era você. Era, verbo no pretérito, imperfeito.

Alexandre não tem certeza de como se lembra da madrinha. Se pensa nela, só vê essa foto. De toda forma, não veio aqui para admirar uma imagem, mas sim para tirar uma caveira de um baú e se salvar.

Por que parei na frente desta foto?

Ele tem de ser rápido: o padrinho logo estranhará sua demora...

Mas o velho Domingos não está mais na loja. Já está abrindo a porta de casa, já está entrando na sala.

Alexandre corre para a cozinha na ponta dos pés. Sente nojo de se esgueirar, de se esconder de um cego. Desde que o crânio o escolheu, tudo o que faz é se esconder, sem escolha.

São quatro da tarde, escuro como noite. Mas o padrinho é quase cego, a escuridão não lhe faz diferença, ele ouve bem. A caveira também é cega, mesmo assim encontrou Alexandre, foi até seu quarto e o escolheu.

Domingos, na sala, não faz barulho. O jovem, na cozinha, não respira, não respira, não respira... Domingos segue em sua direção. Alexandre escorrega para a despensa.

A peça é sem janelas, ainda mais escura. Totalmente escura. Mas o padrinho está quase cego.

E a caveira não tem olhos.

Alexandre ouve Domingos abrindo um armário. Silêncio. Ouve Domingos riscando um fósforo e largando a chaleira na boca do fogão. Silêncio.

Silêncio.

Escorrega pelas prateleiras e se agacha. Fecha os olhos. Se o padrinho vier, não há mais para onde escorregar. Se o padrinho vier...

Domingos abre a tampa da garrafa térmica – Deus seja louvado, então a água é para o mate, ele ficará na cozinha até encher a térmica e voltará à loja. Alexandre espera que a água chie, deseja que chie o quanto antes e que, o quanto antes, o padrinho a derrame na térmica. Jamais o som de água enchendo uma térmica foi tão desejado – é a vida, que sempre surpreende.

Mas como demora.

Silêncio.

As pernas doem, Alexandre se sente cada vez mais pesado. A cabeça dói, quanto peso. De olhos fechados, encosta o queixo no peito e espera. A espera também pesa e dói.

Da cozinha, o barulho: a água chia, barulho seco do fogo apagando, chupado, centrípeto, e o som da água despejada na térmica... Grito de dor, e a térmica se espatifa no chão.

Domingos geme. Como dói escutar um velho gemendo por um erro besta, porque está ficando cego, porque vive sozinho, enfim, porque vive.

O som da torneira aberta. Os gemidos do velho a intervalos maiores, mais fracos, intervalos maiores, mais fracos, e param. A torneira segue aberta.

Alexandre ouve passos da cozinha para a sala. Aguardará Domingos voltar à loja e não perderá tempo, seguirá direto ao quarto, ao baú, escorregando. Mas o padrinho ainda não saiu, anda pela sala de um lado para outro, passos pesados, sonoros. Enquanto isso, na cozinha, a torneira da pia fecha e Domingos geme uma última vez.

Quê?

Alexandre agachado no escuro da despensa não respira.

Domingos recolhe a térmica do chão.

Tem alguém andando na sala, o que é isso? Por que ele e o velho não conversam? Eu não ouvi ninguém mais entrando na casa, não ouvi... Como aqui dentro faz calor.

Agora é Domingos que vai para a sala, abre e fecha a porta. Enquanto ele atravessava o cômodo, os passos do outro pararam. Agora recomeçam, vêm à cozinha, passa-se um tempo, voltam. A porta se abre, devagar, e se fecha com uma batida estrondosa.

Alexandre vai abrir os olhos, levantar e seguir até o quarto do padrinho para retirar o crânio do baú. Assim que tiver forças.

* * *

As duas senhoras – a grisalha magra e a "forte" bigoduda –, depois de um tempo nervoso olhando a faixa mal escrita, decidem devolvê-la, tem de ser corrigida. A magra, dona da casa, fungando sua rinite, pega o telefone para ligar ao incompetente na cidade vizinha.

– Não tem sinal.

– Tenta de novo.

– Não adianta, está mudo.

A outra coça o buço:

– Vamos botar no ônibus de volta. Esses tongos têm que arrumar – e belisca o sutiã.

O ônibus ainda não saiu. O motorista faz cara torta, diz que as encomendas eles deixam na rodoviária, não entregam ao destinatário:

– A gente não trabalha no Correio, senhora.

As mulheres imploram, seria um fiasco se Vale São José virasse a maioridade com o nome errado por um "s" minúsculo. Vai dar azar.

O motorista chama o menino cobrador:

– Tu leva pra elas?

A magra puxa uma nota do bolso:

– Eu te pago.

– Tudo bem – diz o mocinho, pegando o dinheiro e presumindo que é só chegar na outra rodoviária e telefonar ao pintor da faixa; ele que vá pegá-la, ele que fez a lambança.

* * *

O ônibus sobe. Marcha lenta, barro, mistura de neblina e garoa – os faróis enxergam pouco. Desliza, patina, sobe. Ralos passageiros, o motorista bocejando, o menino cobrador se recosta num banco lá no fundo e sonha com a namorada que não tem. Marcha lenta, barro, som de motor cansado, o ônibus sobe.

Três pinheiros derrubados fecham a estrada onde os brigadianos saíram do Opala com motosserra na mão. Grossos e cruzados, formam meio que uma pilha, um muro, devido ao jeito que caíram após o corte.

O motorista subitamente perde o sono. Não há como manobrar, resta descer de ré. Mas com a garoa os retrovisores estão inúteis e, embora sejam quatro da tarde, anoiteceu. A neblina parece mais forte agora.

O menino cobrador acorda e vem à cabine. Lembra-se do pedido das senhoras, do embrulho, e conclui que acabou de ganhar um dinheirinho assim mole, mole, de graça.

Abreviando: nas outras duas estradas que unem Vale São José ao resto do mundo, aconteceu a mesma coisa. Varia a espécie das árvores, mas que isso importa?

* * *

Manhã seguinte. As muletas escoradas no altar, ele sentado, o padre reza a primeira missa depois que saiu do hospital. Nos bancos da igreja, menos gente que o comum, muito menos. Ele faz pausas estranhas, lembra-se da conversa na véspera, na delegacia de polícia. O delegado lhe jurou que o vizinho da viúva não roubara o crânio, era louco e variava antes de morrer, confessava o que não fizera.

— A própria viúva talvez, ou o fruteiro, ou aquele ali, quem sabe o outro — o delegado lhe apresentava o recheio das celas.

De muletas era difícil acompanhar, no andar e nas palavras, o orgulhoso homem da lei. Mas, se não foi o vizinho da viúva quem pegou a relíquia, não foi Deus quem lhe tirou a perna, não foi sinal nenhum, de nada, foi à toa.

— Eles tinham sacos de papel na cabeça e os olhos eram negros, negros como os do diabo — deu queixa.

O delegado não se abalou.

Os cochichos dos poucos fiéis dentro da igreja reverberam e soam como garoa, dando-lhe sono. Nunca houve público tão minguado e distraído numa missa, as pessoas estão aqui e ao mesmo tempo não estão. "Por que vieram?"

Chhhhhh... A garoa ecoando na igreja.

No primeiro banco, aquela mãezinha carregando o bebê, ainda sem saber que ele é surdo, reza para que o filho cresça com saúde. Numa das filas do meio, os irmãos D'Ambrósio e Giovanni – o amigo de Alexandre quase técnico em Eletrônica – são os únicos quietos.

O padre faz uma pausa maior, pousa a vista no coreto sobre a porta da frente, e demora olhando-o como não fosse voltar. Tudo é sinal de Deus, e existe uma razão para Ele ter levado sua perna. *Tem* de haver.

Deitada na cela da delegacia, a viúva do xale preto reflete o mesmo: que tudo é sinal de Deus, inclusive ela estar ali.

Estirada na cama do filho morto, a sra. Rippi também pensa nisso.

Antes de girar a maçaneta do quarto de Alexandre – é hora de acordá-lo –, sua mãe também pensa.

A jovem mãe do bebê surdo ainda não.

Pois bem, sinais sempre há. Que os homens os entendam, isso é outro problema. E nosso, não d'Ele.

Intervalo

Naquele último ônibus, além da faixa mal escrita, veio uma menina, ou uma moça com ares de menina. Era bonita, de cabelos castanhos, curtos, encaracolados, saia na altura do joelho e por baixo uma meia-calça de lã preta. Era cega.

Ela veio só. O garoto cobrador, mais "interessado" que prestativo, ajudou-a a desembarcar.

Não trazia bagagem no porta-malas, apenas uma mochila nas costas. O cheiro de terra molhada a fez sentir-se bem e acolhida. Ou nem tanto, porque nariz de cego não se confunde: havia outro cheiro na cidade que não soube distinguir. Agradeceu ao cobrador e pediu que ele esperasse um pouco. Tirou a mochila das costas e, de um bolso externo, um papel. O garoto leu: "Domingos".

– É fácil chegar lá – ele disse –, mas não posso ir contigo, tenho que trabalhar – devolveu-lhe o papel, olhando-a de cima a baixo, indiscreto.

As malas foram descarregadas e as encomendas despachadas. As duas senhoras nervosas foram embora com seu pacote, depois voltaram com o mesmo e pagaram ao cobrador para devolvê-lo. Os passageiros embarcaram, o ônibus partiu.

Continuava a chuva. E a menina cega, parada.

Alguém a pegou pelo cotovelo. Mão de homem, ela sentiu, dedos compridos. Ele a tirou dali, foram caminhando sem se falar, e a chuva parou. A menina atravessou uma rua, passos rápidos, confiava na mão que a conduzia. Ouvia canarinhos, sentia que passavam por uma praça. O sol recém-aberto fazia brilhar a grama úmida, ela sentia. Pararam e a menina pousou a mão na guarda de um banco, sentiu os poros úmidos do cimento se aquecendo. Seguiram andando, ela agora ouvia explicações sobre o caminho, de onde vieram as pedras da calçada, da rua, da igreja. O sol lhe aquecia o rosto, ela sabia que seu rosto brilhava. Tudo brilhava ao seu redor. Atravessaram outra rua e chegaram à loja do velho Domingos.

O homem a deixou do lado de fora e entrou. A menina o ouviu distanciando-se no assoalho de tábua – a madeira estalava e rangia. Ela ainda ouvia os canarinhos.

Não havia ninguém na loja.

O homem não hesitou em entrar na casa de Domingos. Foi direto à cozinha, e se deparou com uma cena triste: o velho acabara de se queimar com a água do mate e, gemendo, molhava a mão sob a torneira aberta. O homem voltou à sala, andava de um lado para outro, o assoalho rangia. Parou olhando a foto da morta, o sorriso da morta anos antes de adoecer. Não havia como estar naquela sala sem olhar para ela, tão viva.

Domingos, ainda com muita dor, passou pela sala quase esbarrando no homem e saiu da casa, deixando a porta entreaberta. O homem, antes de segui-lo, foi à cozinha e olhou na direção da despensa. Ao sair, fechou a porta numa batida forte.

Na loja, Domingos olhou para a porta da rua e o sol e a cegueira não o deixaram ver nada. Ou viu um borrão luminoso, num brilho de doer os olhos. Imagine-se num túnel totalmente escuro, que você mal consegue entender onde está. Agora imagine uma luz entrando pelo túnel, mais que um farol de trem. A luz é intensa como um corpo sólido, violenta. Isso vem te cegando, e então é como se você estivesse agora no meio da claridade total, de novo sem noção de onde está. E do meio dessa luz surge uma brecha, uma mancha imprecisa e móvel. Ela aumenta aos poucos, se aproxima... Foi assim que Domingos viu a menina entrando na loja, devagar, com a cautela que a cegueira lhe deu no passar da vida.

Eles se cumprimentaram com um "boa tarde" vago e inseguro de ambos os lados. A menina se aproximou, sua leveza não fazia o assoalho ranger, e Domingos teve a impressão de que ela vinha flutuando. Ela e o velho, frente a frente, cada um de um lado do balcão de vidro, eles tiveram uma conversa relevante...

... Alexandre entrou na loja e se atordoou com a luz que vinha da porta, intensa, agressiva. Sentiu-se como se o empurrassem de volta ao interior da casa, onde a penumbra concedia a tudo um ar de tranquilidade, estático. Ele resistiu, levou a mão aos olhos até se acostumar com a transição. E no tempo de um susto – ou se assustando de verdade – intuiu que ao destapar os olhos toda a sua vida mudaria, e isso dependia só dele. Que poderia voltar, se quisesse, à penumbra da casa, ao quarto, ao baú de onde acabara de tirar o crânio. Dependia de sua vontade, de sua decisão. No tempo de um susto poderia intuir muito mais, mas o que ele tinha era o bastante, pois uma intuição nunca é grande ou pequena, é sempre suficiente e completa.

Ele se entregou. Ficou. Viu a menina cega.

Veja o rosto deste jovem de quase dezoito anos. Veja como a luz refletia em seus olhos tudo o que ele vivera até ali, como se toda a sua vida fora uma trilha para chegar àquele momento. Fora uma vida boa, era sua e acabava de ter sentido, ela inteira. Nenhum segundo sem razão de acontecer, todos foram percurso.

Continuação do Capítulo V

e Final.

Um grito no escuro:

— Eu vou morrer!

— Ah?

— Eu vou morrer! Estou morrendo!

— Que é isso, bem?

— O quê? O quê?

— Não foi nada, foi um pesadelo, bem.

— Acende o abajur, acende, cadê a merda do abajur?

A amante do delegado acende a luz de cabeceira. O quarto é todo bege, as paredes, a cortina, as franjas do abajur. Tudo é agradável, harmônico.

— Aqui, olha só, tá tudo certo — ela diz. — Foi um pesadelo, só isso. Ai que susto que tu me deu.

— Como? Que horas são? — ele está sentado na cama, ainda agitado. — Já anoiteceu, a merda do despertador não tocou.

— Calma, fala pra tua mulher que tava trabalhando.

Ele se levanta e, vestindo a calça:

— E era pra estar mesmo. Tenho que ir na Brigada — abotoa a camisa ao mesmo tempo em que vai calçando os sapatos. – Tenho muita coisa pra fazer, muita coisa pra fazer. *Cramento*, não podia ficar aqui até esta hora.

A ruiva não sai da cama. Cruza as mãos atrás da cabeça e estica as pernas, brancas e de um desenho perfeito, por cima das cobertas.

O delegado olha quieto aquela nudez, mas não é nisso que está pensando.

A mulher sorri:

– Como era teu sonho?

* * *

Alexandre está em seu quarto, sentado na cama, com o crânio do monsenhor nas mãos. Olhos nos olhos. O crânio com as órbitas bem abertas o encara, seus dentes sem lábios parecem que vão rir... A porta não está chaveada, sua mãe não deixa que a tranque. Ele não se importaria se ela entrasse agora, seria um jeito de acabar com tudo, um alívio.

Estou cansado de te esconder, a mãe que te leve de volta pro cemitério, pra urna de vidro ou, melhor, que te enterre de uma vez, enterre bem fundo [ele aperta a caveira com força, os dedos se curvam tesos como se fossem cravar no osso]. *Que desça contigo até o inferno e te deixe por lá. Pelo amor de Deus.*

A mãe o entregaria à polícia? Tem certeza de que não somente ela como ninguém acreditaria em sua inocência.

Talvez nem eu.

Por que não devolveu esta maldição no mesmo dia em que ela veio? A cidade ainda não sabia do sumiço e, mesmo que alguém soubesse, ainda não havia este terror. Por que não a jogou pela janela assim que a viu no tapete do quarto? A vida ainda era o que era: Alexandre estava a um mês de entrar para o Exército, e a cidade às vésperas de continuar o que sempre fora. E o que ela era, era graças a esse homem, e como lhe retribuíram? Arrancando-lhe a cabeça...

Eu tenho pena de ti.

Olho no olho, os dentes sem lábios já não ameaçam rir.

Alexandre sempre esteve alheio àqueles ossos, que serviam para lembrar o quê? Se tivesse prestado atenção à relíquia, enquanto ela ainda estava no cemitério, naquele altar, não a teria mesmo roubado? Não a teria salvado da humilhação de ser exposta em nome de um sentido que já se perdeu? Um sentido que ele não entende porque é jovem, mas sabe que não há mais, que um dia houve mas agora não está mais aqui. Sente pena do monsenhor, ninguém merece acabar assim, decapitado e nas mãos de um jovem confuso e, sobretudo, incitando-lhe piedade... Seria bom que sua mãe entrasse no quarto agora e acabasse com o sofrimento dos dois.

Alexandre olha para a porta.

Espera.

Ela não vem.

＊＊＊

A mãe salgou demais a sopa e deixou passar o agnolini. O pai reclama, de cabeça baixa, resmungando. Alexandre não se importa com o sal nem com nada que possa acontecer à mesa, mastiga o pão até dissolver na boca. A mãe o observa desde que ele desceu do quarto, mas desvia o olhar quando é necessário.

De repente, Alexandre se acorda:

– Preciso ir embora. Tenho que ir embora da cidade – ele fala se atropelando.

A mãe e o pai se assustam.

– Pai, eu preciso mesmo, tenho que sair da cidade o quanto antes. Hoje, se desse, mas não dá. Amanhã, então. Mas tenho que sair daqui. Me ajuda, pai, me dá dinheiro pra passagem, depois eu me viro. Não fiz nada de errado, confia em mim. Eu tenho que sair, me ajuda...

– Ninguém sai daqui! – o pai se levanta num pulo, derrubando a cadeira.

A mãe se volta arregalada para o marido, depois para Alexandre.

O pai continua, os punhos socando a mesa:

– Ninguém entra nem sai da cidade – ele grita...
"Fecharam as estradas, fecharam tudo, amanhã vão revistar as casas, vão pregar as janelas do salão paroquial pra enfiar os presos lá porque na delegacia não cabe mais, estão prendendo todo mundo, todo mundo. Ontem, uma mãe entregou o filho e eles prenderam, um irmão denunciou o outro, eles prenderam..." Seu pescoço está vermelho, com as veias salientes. Ele grita e dá socos na mesa pontuando as frases que vêm num turbilhão, a voz treme: "Fecharam a cidade até acharem quem roubou a cabeça, ninguém sai, estão me entendendo? Ninguém... ninguém...", termina falando com fraqueza, arqueado, ofegante, parece que o esforço vai infartá-lo. Fica ereto, vira-se devagar, levanta a cadeira e a coloca na posição com cuidado. Sai da cozinha para o pátio, olha para cima: parou de chover, há estrelas. Com dificuldade para coordenar os dedos, fecha um palheiro, tira uma caixa de fósforos do bolso da calça e o acende. A primeira tragada

faz um círculo de luz na ponta do cigarro, é bonito. Boezzio espreme os olhos já pequenos de nascença e olha de novo para o céu, não reconhece nenhuma constelação, as estrelas estão fora do lugar. Ouve: não há grilos, não há vento, a cachorrada dos vizinhos não late. Nenhum murmúrio de televisão vem das redondezas, nenhum rádio. Nada. Tudo está fora do lugar.

Alexandre está fora do lugar. Vê o pai no pátio, olhando o céu, e começa a tomar a sopa como um esfomeado. Engole nacos de pão quase inteiros, bate com a colher nos dentes, um agnolini cai na toalha.

A mãe pega na sua mão e fala com uma estranha serenidade, e um olhar verde-água de compaixão:

– Joga no rio.

* * *

Sete da manhã e a cidade se esconde toda na neblina. Desta vez, sequer a torre da igreja aparece. Não fosse pelo frio, seria bem agradável deitar numa grama, dormir como quem estivesse no meio de uma nuvem. E sonhar.

Mas, forçando, pode-se ver algo preto e branco do outro lado da rua. Chegando mais perto, é o Fusca da polícia, preto e branco, embarrado. Olhando um pouco além, agora sim, o quadro completo: o Fusca da polícia em frente à loja do velho Domingos.

O agente mais novo, de praxe, na direção. O barrigudo que está se aposentando dorme no banco do carona. Passaram a noite aqui, de campana, há uma película de gelo sobre o capô do carro.

O delegado vem de casa. No café da manhã, comeu morcilha, polenta frita, queijo, pão com nata e melado, cuca de amendoim e banana; comeu tranquilo, porque teve uma noite sem pesadelos, e bastante, porque o dia será cheio. Cantou no banho, a mulher ouviu, os vizinhos ouviram. Cantou afinado, parece-lhe que as coisas estão afinadas.

Ao ver o chefe, os dois agentes saem da viatura.

– Tudo normal – diz o mais velho, bocejando. – Não teve movimento nenhum na casa a noite toda – como se *ele* tivesse ficado de vigília a noite toda.

O mais novo sente frio e volta para pegar sua jaqueta preta no banco de trás do Fusca. O mais velho coça a barba malcuidada e boceja com mais vontade.

Chega o Opala da Brigada Militar. Os brigadianos não descem do carro, abanam lá de dentro para o delegado, um aceno discreto, sério, másculo.

O delegado olha no relógio e depois ao redor, repara que algumas pessoas se aproximam, surgindo da neblina, lentamente, cautelosas. Reconhece a esposa do caminhoneiro Ariovaldo, ela usa um chambre bege e estampado de flores cobrindo o pijama – seu marido não está com ela porque está preso. Vê um casal de mãos dadas, jovens que iam para o trabalho. Vê um homem trazendo uma cuia de mate na mão e a térmica presa embaixo do braço, ele anda de alpargatas e sem meias. O delegado sente frio.

Alexandre, acocado na beira do Arroio São José, recolhe pedras. Examina uma a uma como se a escolha fosse importante. Joga-as dentro de um saco de estopa. Cada pedra jogada ali dentro bate no osso do monsenhor. O som é seco e agudo, toc toc toc toc...

Ele está sob uma ponte numa das entradas da cidade, a que chega por trás do hospital. Por ser muito cedo e ainda não haver movimento nas ruas, dali até uma boa distância ouvem-se o murmurar do rio e o som das pedras batendo no osso. De longe, as batidas fazem eco, mais graves, remetem ao bicar de um pica-pau – e um pica-pau sem pressa, a julgar pelo tempo entre uma e outra: tôc... tôc... tôc... tôc...

De perto, para Alexandre, é som de terra sobre caixão.

Se alguém espiasse dentro do saco de estopa agora, a caveira pareceria uma pedra entre as outras, a maior. Alexandre se satisfaz e levanta. O saco está bem pesado, conforme queria. Olha para os lados e começa a andar pela margem do rio, no sentido correto, para fora da cidade.

O delegado olha no relógio e balança a cabeça positivamente. Põe-se em frente à porta de Domingos, não muito perto, e bate palmas:

– Domingos, abra – fala alto sem gritar.

De dentro não vem resposta. As pessoas no meio da rua fazem silêncio.

O delegado balança a cabeça, negativamente. Chega mais perto da porta, bate palmas mais forte e fala mais alto:

– Domingos...

As pessoas no meio da rua o observam, viram-se e olham-se umas às outras. Agora há mais gente, há muito mais gente. Vêm de todo lado e cada um já vem quieto, atento, de ouvidos e olhos a postos. Surgem a senhora que pisou no pé de Alexandre no cemitério; o cliente por quem ele e o padrinho souberam da morte de Pedro Rippi; o próprio sr. Rippi, mais magro e com menos cabelo do que no enterro do filho; uma enfermeira; a esposa do gerente do banco, sem óculos escuros, acompanhada pela empregada a quem ela quase denunciou; e escondido atrás dos outros, muito a seu feitio, o prefeito.

Os brigadianos, tio e sobrinho, ambos de boné protegendo as calvícies, descem do Opala.

– Ligou uma luz? – pergunta o sobrinho. – Olha ali, naquela janela...

O tio espicha a cabeça para frente. Volta:

– Impressão tua.

Só podia ser impressão. Ali é a sala, Domingos nunca acende a luz no cômodo onde fica a fotografia da mulher.

De fato, nenhum sinal de dentro da casa.

Uma das espectadoras é a velha Maria Doceira, neta de escravos. Baixa e larga, ela carrega o cesto de cocadas e doces de leite apoiado no quadril, usa um lenço pardo na cabeça e lhe escapam chumaços de cabelo grisalho pelos lados da testa. Segurando as lágrimas, ela se aproxima do jovem casal que ia para o serviço:

– Por que o velho não abre a porta?

Alexandre não tem noção de há quanto tempo anda sem parar. O saco vai pesando. Ele o troca de mão, carrega com as duas, o traz junto ao peito, às costas, troca de ombro, arrasta nas pedras lisas da margem do rio, pega-o de novo no colo.

Mas não para. Sua, respira com dificuldade, os pulmões vão pesando.

    Lembra-se do pai dizendo que fecharam as estradas, e ninguém sairá de Vale São José. Estão todos presos, mesmo quem não está numa cela. Todos são suspeitos. O pai gritava que entrariam nas casas, revistariam uma por uma. O pai, que sempre fora tranquilo, perdeu a cabeça. Depois simplesmente saiu para olhar o céu.

    E se estiverem vigiando também o rio? Não, Alexandre não pode pensar nisso, não pode parar.

    Entre ele e a paisagem, a mata ribeirinha é muito fechada. Não tem ideia de quão longe está. Parece ter ouvido um cachorro latindo e, havendo cachorros, há casas. Tem de ir mais longe, sair totalmente da cidade.

    Andar na margem pedregosa lhe faz doerem os pés. Ele entra na mata.

— Domingos, se tu não abrires a porta, a gente vai entrar.

    O delegado baixa a cabeça e fecha os olhos para ouvir a resposta. Alguém na plateia começa a tossir e não consegue parar. Os brigadianos se voltam para as pessoas querendo ver quem é, mas não descobrem. A tosse continua, intercalada com soluços e pigarros.

    — Dispersando, dispersando — o sargento investe contra o povo como a espantar galinhas.

    As pessoas se afastam conforme ele passa, mas voltam a se juntar logo depois. Quem já viu mexer polenta sabe: a colher vai abrindo uma trilha que expõe o fundo da panela, e tão logo ela passa, a polenta volta ao lugar. O brigadiano anda num traçado errático entre as gentes; quando vê, esbarra pela terceira ou quarta vez no mesmo sujeito. A tosse inoportuna continua.

Do grupo, despontam o Pedalada, os irmãos D'Ambrósio e Giovanni, o gênio da Eletrônica. Vão até os agentes de polícia. O agente mais novo abre o porta-malas do Fusca e pega ferramentas e armas. Giovanni ganha uma espingarda; cada um dos D'Ambrósio, um trinta e oito; e o Pedalada, um pé de cabra.

A Maria Doceira põe o cesto de doces no chão e se persigna. O casal de jovens aperta-se as mãos com força, eles que não se largaram em momento algum. A esposa do caminhoneiro Ariovaldo não atina para o que acontece, vigia a janela da sala desde que ouviu o cabo dizer ao sargento que ali acendera uma luz. O prefeito sai de fininho, andando de costas, devagarzinho.

O delegado olha para trás e levanta o polegar para os agentes e os quatro "voluntários civis". De relance algo lhe chama a atenção; ele procura e reconhece no meio da plateia um cabelo ruivo.

Aquela tosse para. Retorna o silêncio.

Acreditando-se responsável pelo futuro da cidade, o delegado volta a baixar a cabeça, fechar os olhos, sentir o gosto da hóstia e os dedos do monsenhor em sua boca. Ele tem apenas dez anos, mas sai da fila da comunhão sabendo-se um predestinado.

O D'Ambrósio mais velho vai pelos fundos da casa. O mais novo não sai do lugar, sorri para o revólver que tem nas mãos, conta as balas no tambor: cinco. O Pedalada, empunhando o pé de cabra, dirige-se à janela da sala, essa que está sempre fechada para não perturbar o descanso da morta.

Todas as pedras deveriam estar no fundo do rio. Lá, não incomodam, o rio se deixa correr indiferente. Há muitas pedras no fundo do rio. Mas não todas. Alexandre carrega a sua. Quer vê-la o quanto antes onde ela também deveria estar, onde não se vê.

Mais difícil que andar no meio do mato fechado, mais difícil que o peso do saco cheio de pedras, é aceitar que ele está aqui, embretando-se no mato e carregando este peso. Não foi ele quem desenterrou o crânio, não foi ele quem o colocou numa urna de vidro e, principalmente, não foi ele quem o tirou de lá.

Pelo mato o andar é mais demorado. Se tivesse um facão para abrir uma trilha, seria melhor. Arrasta-se nas árvores, arranha-se. Mas pelo caminho da margem, além de pisar em pedras o tempo todo, ele se punha visível, um risco, se o pegarem fugindo...

Tropeça em alguma coisa, cai de joelhos largando o saco de pedras. Atrás dele, a coisa se mexe no chão coberto de folhas. É uma cobra. Ele fica parado, paralisado. Pelo barulho nas folhas, sabe que é uma cobra. Permanece de joelhos, ouvindo a cobra ali atrás de si, imaginando-a. Fecha os olhos: se ele não a vir, ela também não o verá.

A cobra para. Mas Alexandre sente que ela continua ali. Espera. Está muito, muito cansado, e pensa que tanto faz esperar pelo bote, de joelhos, ou levantar e sair correndo.

Não há como correr, o mato é fechado. Tanto faz, ele não consegue decidir. Espera. O bote não vem. A cobra desistiu, ou também espera.

Erguendo o saco de pedras, Alexandre se levanta, ainda os olhos fechados. Decidiu que não ficará o resto da vida parado, não há como adivinhar o que a cobra quer e, se ela não tem um querer, não tem como adivinhar como ela reagirá. Vai fazer o que ele mesmo pode, seguir andando. Abre os olhos e escolhe o melhor caminho. Sai devagar e seria ousadia olhar para trás.

A cobra o deixa partir. Mas o mato resiste: arranha-o com unhas-de-gato, enrosca-o nos cipós, tapa a luz fazendo-o andar como cego, abre buracos no chão, num deles Alexandre torce o pé. Não geme, não adianta gemer, mas larga o saco pela segunda vez. Para sair do buraco, agarra-se numa raiz e se apoia no chão úmido, fica de joelhos pela segunda vez.

Olha o caminho sombrio à sua frente, muitos cipós e espinhos. Ele está suado, sangrando, sujo de terra e outras coisas. A escuridão o faz lembrar Domingos, quase cego. Só o padrinho viu o que estava acontecendo, antes de todos. Alexandre tem certeza de que ele previu tudo, as desconfianças, as denúncias, as prisões, mortes... Pedro Rippi foi o primeiro e poderá haver outros, a cidade enlouqueceu, haverá outros mortos, o velho Domingos sabia.

Em vez de pegar o saco de pedras e levantar, Alexandre senta. Senta-se e olha o mato escuro à sua frente, e olha para o saco de pedras, como se o largasse ao chão pela terceira vez.

Devia ter devolvido o crânio do monsenhor quando era mais fácil, enquanto a loucura não tomara conta. Devia...

porém nunca foi fácil. Desde que a mãe abriu a porta de seu quarto naquela manhã, e ele não sabia por que, tinha de escondê-lo.

O mato está cada vez mais escuro, Alexandre mal enxerga o saco de pedras, as árvores, aquela trama de cipós e cheia de espinhos, os buracos... Parece que há uma cobra atrás dele, ouve um mexer nas folhas do chão. E se não for uma cobra, o que é? Ele ouve, não tem dúvida que ouve algo se mexendo nas folhas. Agora ele ouve a cobra botando a língua de fora.

Escureceu totalmente ou foi Alexandre quem fechou os olhos e não enxerga nada. Breu. Pensa na cidade, ela está morrendo. Estão todos loucos, perderam a cabeça, morrerão por não serem inocentes. Precisam da cabeça... Mas, se ele voltar, vão matá-lo. Estão todos loucos e vão matá-lo, ele não é inocente. Precisa jogar o crânio do monsenhor no rio, a grande pedra tem de afundar, é sua salvação. A mãe mesma disse "joga no rio". Desde quando a mãe sabia que ele tinha o crânio roubado?

Nem minha mãe era inocente.

E o padrinho, sabia? Ele que sabia de tantas coisas, que enxergava tudo...

Meu padrinho era o menos inocente de todos.

Escureceu, Alexandre não vê o mato, as pedras, a cabeça do padre. Apenas ouve a cobra, o som inconfundível da língua da cobra, suave, cada vez mais suave, um murmúrio, um sussurro, um cochicho...

Vejam isto.

* * *

Alguém passara as unhas no céu. Nuvens em riscado brancas e, no meio, o azul claro e limpo. Era para começar assim, mas não começou.

Foi dito no início que se contaria a verdade, pois a verdade é o que há. Se desejamos que seja diferente, é teimosia. Debatemo-nos até ficarmos presos a certas ilusões ou aceitamos e de pronto estamos livres. Daí vem a provação, a escolha. Porque a liberdade não é o fim, é só o princípio.

É o céu, sobre a cabeça de todos.

~~Decapitados~~

(o conto)

Personagens:

ANTONINHO, órfão
MARCO AURÉLIO, poeta inédito
CHICO ESTRADA, recentemente caminho-
neiro, mas o apelido tem origem na infância
O BÊBADO, cujo nome ninguém sabe
O DONO DO BAR, figurante

Cinco anos atrás.

INT. BAR EM VALE SÃO JOSÉ - NOITE

No pequeno bar, duas mesas. Numa delas, três jovens: ANTONINHO, MARCO AURÉLIO e CHICO ESTRADA. Em outra, O BÊBADO. Atrás do balcão, o DONO DO BAR tem um palito de dentes pendurado no canto da boca.

            CHICO ESTRADA
    Cheguei ontem e amanhã já viajo
    de novo.
         (espreguiça-se)
    Ô, vida boa.

MARCO AURÉLIO olha para a rua, não ouviu o amigo. Está gravemente pensativo.

            ANTONINHO
    Não sei. Eu acho que é bom ficar.

Você não se sente perdido, sempre andando por aí?

          CHICO ESTRADA
Quando estou no volante do caminhão, estou em casa.
(enche o copo com cerveja, bebe metade, olha para MARCO AURÉLIO
    e depois para fora)
Que foi, Marco?

MARCO AURÉLIO não fala e se enerva. Pega o copo de cerveja e bebe.

          ANTONINHO
Toda vez que viajo, saio de casa já querendo voltar. Se pudesse, não saía nunca de Vale São José.

          CHICO ESTRADA
Vale São José não existe.

          ANTONINHO
É minha casa.

          CHICO ESTRADA
Não existe.

Silêncio à mesa. E quatro garrafas vazias.

MARCO AURÉLIO se levanta e vai ao banheiro.

INT. BANHEIRO DO BAR - NOITE

MARCO AURÉLIO fecha a porta, chaveia, tira do bolso da camisa um pedaço de papel. Remexe nos bolsos da calça, mas não acha o que procura. Olha para o papel como se pudesse escrever nele com o olhar. Agora olha como se pudesse ler o que não escreveu. Encosta a testa na parede, o papel na mão.

INT. BAR - NOITE

Na mesa, pediram outra cerveja.

           CHICO ESTRADA
    Conheci uma moça no Paraná.

           ANTONINHO
    Como ela é?

           CHICO ESTRADA
    Conheci num posto de gasolina.

           ANTONINHO
    É da vida?

O BÊBADO, que aparentemente dormia na mesa ao lado, levanta a cabeça. Tem um aspecto sujo.

           CHICO ESTRADA
    Ela tem catorze anos.

MARCO AURÉLIO chega do banheiro, senta-se. Percebe o ambiente tenso e ergue as sobrancelhas, interrogativo.

            ANTONINHO
    Olha só. Este aqui vive na estrada, conheceu uma mulher num posto de gasolina, no Paraná, e ela tem catorze anos. Catorze anos!

MARCO AURÉLIO leva a mão ao peito e ali está o papel, no bolso da camisa. Ele o espreme contra o peito. Mas com cuidado para que os outros não vejam.

            CHICO ESTRADA
    Não é sempre assim.

            ANTONINHO
    Tem uma menina de catorze anos em cada posto de gasolina.

            CHICO ESTRADA
    Não é assim.

O BÊBADO olha sorrindo para o DONO DO BAR, que muda o palito de dentes de um canto para o outro da boca, sem mexer uma única fibra de seu rosto redondo.

ANTONINHO
Não me leve a mal, mas vocês são todos uns filhos da puta.

CHICO ESTRADA
(como se o outro não tivesse falado ou realmente não o ofen-
desse)
O nome dela é Maria, Mariazinha.

Os olhos de MARCO AURÉLIO transparecem que ele imagina a menina.

Pausa.

Secam-se os copos de cerveja.

Uma coruja pia na praça.

Na rua passa uma camioneta, ronco de motor a diesel.

ANTONINHO
(ajeitando-se na cadeira
e se debruçando na mesa)
Vocês ouviram falar da cabeça do monsenhor?

Ninguém responde.

ANTONINHO
Dizem que arrancaram a cabeça do

padre e colocaram numa caixa de
vidro. Dizem. Eu não acredito.

          O BÊBADO
        (falando alto)
Verdade, isso foi na semana passada. Tá lá no cemitério, eu vi. Só a caveira e uns fios de cabelo branco, assim, dos lados...
    (puxa os próprios cabelos)

Os três se voltam para ele. Por algum tempo nenhum deles fala.

          ANTONINHO
Isso é lorota. Eu não acredito.

          O BÊBADO
Tá me chamando de mentiroso?

          ANTONINHO
Não. Só estou dizendo que é imaginação tua.

          CHICO ESTRADA
Mas por que arrancaram logo a cabeça do homem?

          ANTONINHO
      (para O BÊBADO)
Prova.

O BÊBADO
Tão duvidando de mim? Vamos lá.
O Setembrino cuida lá de noite,
ele abre o portão pra nós. Eu
vou lá às vezes. O Setembrino,
ele abriu a capela e me mostrou.
Tinha esse cabelo branco, dos
lados...
    (de novo puxa os cabelos,
       lisos de gordura)

CHICO ESTRADA
(levantando-se)
Vamos!

ANTONINHO
Vamos nada. Ninguém vai sair daqui atrás de um bêbado. É tudo história, eu disse. Você mesmo perguntou, por que arrancariam a cabeça do padre?

O BÊBADO
(já na porta do bar)
Vou lá buscar o troço.
    (e para ANTONINHO)
Cagão.
    (sai cambaleando)

ANTONINHO
Eu não estava com medo. Não era

medo. Vocês viram. Parecia que
eu estava com medo?

MARCO AURÉLIO, solidário, pega no antebraço do amigo órfão.

          ANTONINHO
Eu nunca tive medo. Mas não
acredito. Esse bêbado desgraçado
não vai voltar. Já foi dormir na
praça. Sei que ele não volta.

Por segundos ficam todos calados. O DONO DO BAR vem arrastando as alpargatas e recolhe as garrafas vazias. Passa um pano de prato na mesa. A mesa agora está vazia, seca, limpa.

Os três amigos se olham e, aos poucos, um de cada vez, começam a rir. Riem mais alto, tremem de rir. ANTONINHO olha alternadamente para MARCO AURÉLIO e para CHICO ESTRADA, sempre rindo.

         CHICO ESTRADA
     (para o DONO DO BAR)
  Manda um maço de cigarro.

O homem não fala *uma* palavra. Escolhe um maço de cigarros na gôndola junto ao caixa. Arrasta as alpargatas e o entrega. Todos fumam, relaxados.

            CHICO ESTRADA
            (para ANTONINHO)
    E a loja?

            ANTONINHO
            (sorrindo)
    Boa. Vou levando.

            CHICO ESTRADA
    Você vai casar?

            ANTONINHO
    Assim que der.

            CHICO ESTRADA
    Você está enrolando a moça.
    Herdou a loja do teu tio e vai
    bem... "Assim que der" o quê? Me
    critica porque eu gosto de viver
    na estrada, mas ao mesmo tempo
    não se casa, não tem família.
    Qual é a tua?

MARCO AURÉLIO ameaça intervir, mas aparece na porta O BÊBADO. Ele traz um saco de estopa e um sorriso sarcástico. Para diante deles, equilibrando-se.

Os rapazes olham-no como a um fantasma. Não esperavam que ele voltasse. Ninguém presta atenção no saco de estopa encardido, só no

BÊBADO, como se a presença dele fosse um enigma.

O BÊBADO, com muito cuidado, põe o saco de estopa sobre a mesa, abre-o devagar, arregaçando-o. Deixa assim, vai ao balcão e pede cachaça.

          ANTONINHO
Quando meu tio era vivo, eu não pensava em casamento. Ele não casou, mas me criou como numa família normal. Então a família se foi, e agora é comigo, preciso de outra.

          CHICO ESTRADA
Amanhã subo de novo pro Paraná. Uma carga pesada, subo devagar. Sei como vai ser. Quanto mais perto vou chegando, mais a coisa aperta. Primeiro no estômago, depois vem subindo. Dá vontade de falar pra ela.

          MARCO AURÉLIO (V.O.)
Eles carregam fé e medo. Me falta este sentir. Por quê? Tenho uma alma tanto quanto eles. Onde foi parar? Se não amo, não sei. Eles sabem, mas se

perdem. Eles não aceitam saber.
E eu, não saber. Se o amor nos
chama, nos manda ficar ou provoca
medo de ambas as coisas, tanto
faz.

ANTONINHO
A gente se gosta desde criança,
mas ela não me cobra nada. Vive
com a mãe e os cinco irmãos,
homens. Nenhum deles me cobra
nada. Vou lá toda quarta-feira:
depois da novela, vamos pra varanda olhar o céu. As estrelas
são as mesmas desde que éramos
crianças. Nós dois somos os mes-
mos. Eu sou o mesmo e não sei o
que fazer.

CHICO ESTRADA
Ela tem catorze anos e a esta
hora deve andar no posto de ga-
solina. Nem sei se lembra de mim.
Não paro de pensar nela. Eu tinha
que trazer essa menina pra cá.

MARCO AURÉLIO (V.O.)
O que é preciso para se viver? E
o quanto é preciso? Um amor, um
cigarro, mais uma cerveja? Tenho

um papel no bolso do peito. Ele espera minha confissão. Assim que a souber, volto ao banheiro e a escrevo. O banheiro não é sujo, mas fede. Todo confessionário fede.

ANTONINHO
Até ontem eu tinha um futuro. Não sabia quando, mas ele estava ali, na frente dos meus olhos. A questão era eu estar pronto, até para ver. O resto estava pronto. Fora de mim, tudo era certo.

CHICO ESTRADA
Meu destino nunca foi andar sem rumo. A estrada me leva sempre a algum lugar. Quando saio daqui já sei para onde. Se não esperava esse encontro, ele não deixou de ser meu destino. Meu. E o dessa menina? O meu destino pode ser com ela e o dela não ser comigo?

MARCO AURÉLIO (V.O.)
Eles não percebem que falam um para o outro. Eu vejo isto, mas não falam para mim. Só eu escuto, mas ninguém fala para mim.

Tenho ouvidos e um papel no bolso. Tenho o desejo e quando o encaro ele não está lá, fugiu, fez a volta e se escondeu atrás de mim. Eles o têm à sua frente. E daí? De que lhes adianta, se agem como eu?

ANTONINHO

Meu futuro era uma folha em branco, mas tinha alguma coisa já escrita. Agora é um papel preto e nada aparece. Ontem a gente olhava as estrelas e ela disse que imaginava a nossa varanda e nossos filhos deitados no chão. Ela já tem um papel com muitas linhas escritas. Sempre teve? Não perguntei. Meu livro só tem páginas negras, não dá para ler. Ela não sabe, acha que escrevemos juntos faz muito tempo. Eu preciso sair de Vale São José. Sair de casa, partir. Impossível, minha casa não existe. Eu destruí tudo.

CHICO ESTRADA

Sua vida seria outra comigo. Uma vida melhor, longe da beira da estrada. Eu sei. Posso dar uma

vida melhor pra essa menina. Só
eu posso. Minha vida é que não
seria melhor nem pior, seria a
que tinha que ser. A de hoje não
é. Tenho que trazer a menina,
aqui é nossa casa. Ou deveria. O
desencontro vai nos deixar para
sempre errados. E eu não vou fazer nada para mudar.

    MARCO AURÉLIO (V.O.)
Este papel no meu bolso do peito,
ele me queima.

O BÊBADO cansa de ouvir e pega a urna de vidro no centro da mesa. Ata o saco de estopa
e vai embora devolvê-la.

EXT. RUA - NOITE

O cemitério é no alto da cidade. O BÊBADO
sobe a rua principal, vai cambaleando.

Agradeço à minha amiga Juliana Piccinin Frizzo Becker, que me contou a história.

E aos queridos Lucinara, Valesca e Luiz Antonio, que sempre acreditaram no texto.

Este livro é dedicado a Vitor Biasoli, o maior pesquisador da Quarta Colônia de Imigração Italiana.